오빠가
죽었다

오빠가 죽었다

무라이 리코 지음　　이지수 옮김

오르골

차례

일러두기

- 맞춤법과 외래어 표기는 현행 '한글 맞춤법 규정'과 《표준국어대사전》(국립국어원)을 따랐다. 단 글의 흐름상 필요한 경우, 관용적 표기나 일부 구어체는 그대로 살렸다(백엔샵, 츠타야 서점 등).
- 책·정기 간행물은 《 》로, 글·드라마·영화 제목은 〈 〉로 표기했다.
- 각주 내용 중 '저자 주'라고 표기된 것 외에는 모두 옮긴이가 쓴 것이다.

프롤로그

2019년 10월 30일 수요일

"밤늦게 죄송합니다만, 무라이 씨 휴대폰 맞습니까?"

생소한 젊은 남자의 목소리가 들렸다. 어리둥절해하며 그렇다고 대답했더니 목소리의 주인은 가볍게 헛기침을 해서 호흡을 가다듬은 뒤 천천히, 그리고 조용히 말을 이었다.

"저는 미야기현경   시오가마 경찰서 형사 제1과의 야마시타라고 합니다. 실은 오빠분의 시신이 오늘 오후 다가조시에서 발견되었습니다. 지금부터 말씀드릴 게 좀 있는데 시간 괜찮으실까요?"

일을 마치고 슬슬 자려던 참이었다.

여간해서는 울리지 않는 나의 휴대폰이 울리며 착신 번

호가 떴다. 여간해서는 울리지 않는 데다 그때 이미 밤 11시가 지나 있었고, 착신된 지역 번호는 022°로 시작했다.

022? 전혀 기억에 없다. 이런 시간에 연락을 하다니, 어지간히 급한 용건인가 보네. 알고 있긴 했지만 집을 둘러보며 가족 모두가 있다는 것을 확인하고 조금 안심했다. 나한테 최악의 일은 일어나지 않았다.

남편은 휴대폰이 울린 것을 알아차리고 TV 전원을 껐다. 심상치 않은 분위기를 감지한 아들들이 아이패드에서 고개를 들어 나를 물끄러미 쳐다봤다. 반려견도 아이들을 따라 고개를 쳐들고 코를 벌름거렸다.

"오늘 말인가요?"

"오늘 오후 5시에 자택에서 시신으로 발견되었습니다. 사망 추정 시각은 오후 4시경, 최초 발견자는 함께 살던 초등학생 아들입니다."

시오가마 경찰서 야마시타 씨의 말에 따르면 오빠는 이날 다가조시에 있는 임대 연립주택의 한 호실에서 사망했

고, 나의 조카에 해당하는 초등학생 아들이 발견했다는 것
이다. 오후 3시경 조카가 학교를 마치고 왔을 때는 이상이
없었지만, 책가방을 두고 친구 집에 놀러 갔다가 오후 5시
에 다시 집으로 돌아와 보니 침실의 다다미 위에 쓰러져
있었다. 즉사에 가까운 상태였다고 한다.

사망 시 나이 쉰네 살.

"아드님이 구급차를 불렀고요, 아드님 연락을 받은 담임
선생님이 경찰이 도착할 때까지 아드님과 함께 있어주신
상황입니다. 시신은 현재 그 옆 시오가마시에 있는, 이곳
시오가마 경찰서에 안치되어 있습니다. 다가조시에는 경
찰서가 없어서요….

또 병원이 아닌 장소에서 돌아가셨으므로 혹시라도 사
건과 연관됐는지 유무를 수사하기 위해 검안**을 했습니
다. 사인은 뇌출혈로 의심되고요. 약 수첩을 확인해 봤는

●   미야기현 일부 지역(뒤에 나오는 시오가마시, 센다이시, 다가조시 등)의 지역 번호.

●●   지자 주_병원 외에서 발생한 원인불명의 사망 케이스에서 검시관이 사망을 확인하고
        사인과 사망 시각 등을 종합적으로 판단하는 것.

데 몇 가지 지병이 있으셨던 모양이에요. 당뇨, 심장, 고혈압 약을 먹고 계셨어요.

그래서… 멀리 사셔서 힘드시겠지만 시신을 인수하러 시오가마 경찰서로 와주셨으면 합니다. 저어, 메모 가능하십니까?"

그렇게 말한 뒤 야마시타 씨는 여러 개의 전화번호를 차례차례 알려주기 시작했다.

오빠가 살던 연립주택의 집주인, 부동산 관리회사, 조카가 다니는 초등학교, 그리고 조카의 친엄마이자 오빠의 전처인 가나코….

머릿속이 멍해졌다. 간사이에서 도호쿠로 가려면 시간이 대체 얼마나 걸릴까. 갑자기 시오가마라고 하니 이미지가 전혀 떠오르지 않는다.

어, 시오가마는 아마 미야기현에 있지? 이 사람 지금 가마이시라고 했나?

게다가 주말에는 이틀 연속으로 오사카의 서점에서 북

토크 일정이 있다. 내일 아침 일찍 우리 집이 있는 시가현에서 시오가마시로 향한다 해도 이틀 뒤인 금요일에는 돌아와야 한다.

시오가마시에서 시신을 인수해 화장하고, 옆 도시 다가조에 있는 임대 연립주택을 빼는 엄청난 일이 고작 이틀 안에 가능할 리도 없다.

혼란한 와중에도 필사적으로 야마시타 씨에게 호소했다.

"실은 이번 주말에 중요한 일이 있어서 금방은 못 가요"라고 말하며, 친오빠가 죽었는데 일 때문에 못 간다는 것도 이상한 이야기다 싶었다. 그러나 동시에, 이미 죽어버렸으니 지금부터 서두른다고 달라질 건 없다는 생각도 들었다.

야마시타 씨는 "갑작스러운 이야기니까 당연합니다. 그럼 가장 빨리 시오가마로 오실 수 있는 건 언제쯤이세요?"라고 했다.

● 일본 미야기현과 인접한 아오모리현에 있는 도시.

머릿속으로 스케줄을 대충 확인했다.

아이들의 보습 학원 일정, 원고 마감, 집안일, 반려견, 그리고 무엇보다 서점 행사.

"가장 빠른 건 다음 주 화요일인 5일이에요."

"그럼 5일까지 시오가마 경찰서에서 시신을 맡아두겠습니다. 댁에서 돌아가셨기 때문에 의사가 사체검안서라는 서류를 작성할 거예요. 이 서류는 오빠분의 호적 말소, 그리고 매장이나 화장을 하는 데 필요하죠. 그 작성 비용이 5만 엔에서 20만 엔 정도 듭니다. 의사에 따라 가격이 달라서요…. 좌우간 시신을 인도할 때는 이만한 금액이 드니까 좀 넉넉하게 준비하시는 편이 좋습니다."

사체검안서라는 말도 처음 들었지만, 그 가격이 의사에 따라 그렇게나 차이가 난다니 놀랍다. 혼란한 와중에도 머릿속에서는 이미 비용 마련에 관한 생각이 시작되었다. 불안이 서서히 퍼지는 게 느껴졌다. 나에게는 꽤 큰 금액인데, 그것을 단기간에 준비해야 한다는 사실을 깨달았기 때문이다.

"그럼 시오가마 경찰서에서 기다리고 있겠습니다"라며 전화를 끊으려는 야마시타 씨에게 허겁지겁 물었다.

"오빠의 아들은 지금 어떻게 하고 있나요?"

"아드님은 아동상담소에서 보호하고 있어요. 내일 이후에 아동상담소에서도 연락이 갈 테니 잘 부탁드립니다."

그러더니 야마시타 씨는 갑자기 생각난 듯 나에게 물었다.

"아참, 이 지역 장의사 아세요?"

Day 1

만나러 갑니다

미야기현 시오가마시
시오가마 경찰서

세상에 하나뿐인 오빠잖아?

집 근처 역에서 교토행 첫 전철에 오른 뒤, 요 며칠 사이 일어난 일에 대해 생각했다. "오빠분의 시신이 오늘 오후 다가조시에서 발견되었습니다"라는 시오가마 경찰서 야마시타 씨의 말이 머릿속에서 몇 번이나 재생되었다. 그 특징적인 도호쿠 사투리가 귀에 진득하게 남아 있었다.

야마시타 씨는 시신을 인수할 때 반드시 가져와 달라며, 나에게 거듭 사체검안서를 강조했다.

"장의사에게 검안서 취득과 대금 대납을 의뢰하실 수 있을 겁니다. 한번 확인해 보세요. 멀리서 오시는 만큼 시간을 낭비하시지 않도록, 저희 쪽에서도 짧은 시간 안에 인도할 수 있게끔 모든 서류를 준비해 두겠습니다."

그러고는 시오가마 경찰서로 반입된 시신을 인도해 본 경험이 많다는 장례업체 두 군데를 알려줬다.

요컨대 시오가마 경찰서에서는 한시라도 빨리 나에게 시신을 인도하고 싶어 한다. 그런데 인도받은 나는 대체 어떻게 해야 하는 걸까.

나 혼자 시오가마로 가는 것만 해도 심리적 장벽이 높은데, 갑자기 오빠의 시신을 인도받아서 뭘 어쩌라는 걸까? 오빠는 키가 180센티쯤 되는 거대한 남자였다. 그렇게 큰 남자(그것도 시신)를 어떻게 옮기지? 갑자기 장례식장이라고? 앗, 설마 내가 상주야?

야마시타 씨는 "이제부터 시신의 상태가 나빠질 것도 예상됩니다. 오빠분과 대면하시지 못할 가능성도 있어요. 그 점은 모쪼록 이해해 주세요"라고 면목 없다는 듯 말했다.

거대한 데다 상태까지 나쁘다니, 제발 좀 봐줬으면 좋겠다.

야마시타 씨와 통화를 마친 나는 완전히 패닉 상태에 빠졌다. 나이 든 친척들의 얼굴을 차례로 떠올리자, 대체 누가 시오가마까지 오빠를 보내러 와줄까 싶어 헛웃음이 나오려 했다.

아버지가 돌아가시고 30년, 도쿄 근교에 사는 친가 쪽 친척과는 교류가 거의 없다. 어머니도 5년 전에 세상을 떠나서서 외가 쪽 친척과도 연락하는 일이 드물다.

오빠가 살던 연립주택은 어떻게 되어 있을까. 시오가마 경찰서 야마시타 씨의 말에 따르면 집에는 경찰이 이미 다녀갔고 집주인과 부동산 관리회사의 담당자도 달려왔다고 한다. 아동상담소 사람과 학교 선생님도 조카인 료이치와 함께 당장 필요한 물건을 실어 나르기 위해 연립주택까지 와준 모양이다.

오빠의 마지막 모습이 어땠는지, 집은 어떻게 되어 있는지 등 자세한 상황은 대부분 알지 못했다. 유일하게 아는 건 '더럽다'는 점이었다. 야마시타 씨의 어조에서 그보다 자세한 사항은 전화로는 말할 수 없다는 분위기를 감지했다.

어쨌거나 계획은 이렇다.

시신을 인수하면 시오가마 경찰서에서 장례식장으로

직행해 화장한다. 한시라도 빨리 오빠를 '들고 갈 수 있는' 크기로 만들어버리자. 그리고 오빠가 살던 임대 연립주택을 어떻게든 뺀다. 이건 업자에게 부탁해 한꺼번에 해달라고 하자.

야마시타 씨가 알려준 장례업체 이름이 적힌 메모를 보며 혼란한 머릿속을 정리해 나갔다. 여하튼 화장할 때까지는 서둘러야 한다. 그 뒷일은 나중에 생각하면 된다. 차츰 배짱이 생겼다.

대체 무슨 일이 일어난 것인지 설명을 기다리는 남편에게 "오빠가 죽었대"라고 했더니 역시 놀라는 기색이었다. 남편과 오빠는 한 살밖에 차이가 나지 않는다.

아들들은 깜짝 놀라며 "그 외삼촌이?" 하고 당혹스러워했다.

"언젠가 이런 날이 오겠거니 했지만 생각보다 훨씬 빨랐네."

냉정하게 말하는 나에게 놀란 둘째 아들이 눈을 동그랗게 뜨며 물었다.

"안 슬퍼? 세상에 하나뿐인 오빠잖아?"

나는 그 물음에 대답할 수 없었다.

전처 가나코

다음 날 아침 일찍 야마시타 씨가 알려준 장례업체에 연락했다.

전화를 받은 여자에게 오빠의 시신이 시오가마 경찰서에 있는데 화장을 하고 싶다고 설명하자, 곧바로 담당자인 남자를 바꿔줬다. 남자는 확실히 이런 일에 익숙한 느낌이었다.

"사체검안서는 어느 의사분이 맡았는지 아시나요?"

"다카하시 의원이라고 들었어요."

"다카하시 선생님이군요! 잘됐다, 좋은 분이세요. 그러면 저희 쪽에서 검안서를 받아둘 테니 곧장 시오가마 경찰서로 와주세요. 전부 준비해 드리겠습니다. 조심히 오시고요."

5일 정오에 시오가마 경찰서 앞에서 만나기로 단박에 정해졌다.

다음으로 내가 연락한 사람은 오빠의 전처이자, 오빠를 발견한 조카 료이치의 엄마인 가나코였다. 내가 가나코를 마지막으로 만난 건 5년 전, 내 어머니의 장례식 때였다.

"이런 일로 연락해서 정말 미안한데…"라고 말하는 나에게 가나코는 변함없이 시원시원한 목소리로 "제 말이요"라고 했다.

가나코는 오빠보다 열 살 이상 어렸다. 예쁜 데다 머리가 무척 빨리 돌아가는 사람이다. 오빠와 이혼한 것은 7년 전, 오빠가 고향에서 미야기현으로 이사를 간 해였다.

"그나저나 료이치는 어떻게 하고 있는지 들었어?"

"대충요. 건강하다고는 하는데 말은 별로 안 한다고…."

"그렇겠지…. 정말 미안한데 내가 시오가마에 갈 수 있는 건 5일이야."

"저도 일이 있고, 료이치를 만나려고 했는데 리코 언니가 안 오면 아무래도 안 되나 봐요. 그 사람한테 친권이 있었으니 료이치를 만나려면 친가 쪽 친척이 동석해야 하는 모양이에요. 여하튼 저도 시오가마 경찰서로 갈게요."

오빠와 가나코가 이혼할 때 큰 아이들 친권은 가나코가, 막내인 료이치의 친권은 오빠가 가져갔다. 그 경위에 대해서는 자세히 듣지 못했다. 그러나 전화기 너머 가나코의 목소리에서 한시라도 빨리 료이치를 데리러 가고 싶어 하는 마음이 강하게 전해졌고, 그 심정은 아플 정도로 이해되었다.

"여하튼 교토에서 출발하는 첫 신칸센을 타고 시오가마로 갈게. 시오가마 경찰서 앞에서 점심 전에 만나자."
"알겠어요. 그럼 조심히 와요."
"저기, 오빠의 마지막 모습에 대해 경찰한테 들었어?"
"아뇨, 자세히는…."
"뇌출혈이었던 모양이야. 상당히 더러웠던 것 같아."
"…."

가나코가 시오가마 경찰서까지 와준다니 기뻤다.

오빠와 이미 이혼한 가나코가 오빠의 시신을 함께 인수해 줘야 할 도리 같은 건 눈곱만큼도 없다. 그래도 이때 나는 가나코에게 "장례식장으로 바로 오면 돼"라고 말할 수 없었다. 거기에 함께 있어주기를 분명히 바랐기 때문이다.

다음으로 연락한 사람은 료이치를 보호하고 있는 아동상담소 담당 직원인 가와무라 씨였다. 내가 찾아보고 전화를 걸었다.

전화를 받은 여자에게 사정을 설명하자, 몇 분간 대기음이 울린 뒤에 가와무라 씨가 전화를 받았다. 말투가 온화하고 정중한 남자였다.

"전화해 주셔서 감사합니다."

가와무라 씨는 이렇게 말한 뒤 료이치가 어떻게 지내는지 알려줬다. 안정되긴 했지만 아빠 이야기가 나오면 입을 다무는 상태라고 한다.

"장례식 일정은 정해졌나요? 가능하면 료이치를 장례식

장까지 데리고 가서 아버님과 마지막 인사를 나누게 해주고 싶은데요….”

　그렇게 말하면서도 가와무라 씨는 “하지만 모든 건 료이치의 마음에 달려 있어요. 전부 본인 의사에 맡길 겁니다” 하고 거듭 강조했다. 그런 가와무라 씨의 설명 방식은 아동상담소가 아동을 보호하는 것의 의미를 재확인시켜 주었다.

　아무리 내가 료이치의 친권을 가지고 있던 오빠의 유일한 여동생이라 해도, 료이치를 자유롭게 만나기는커녕 그 행동에 직접 관여하지도 못한다. 그리고 지금은 장례식에 참석할지 말지 물으면 료이치가 입을 다무는 상황인 듯하다.

　“5일 오후에 시오가마 경찰서에서 장례식장으로 곧바로 갈 예정이에요. 자세한 일정이 정해지면 다시 알려드릴 테니 조카를 모쪼록 잘 부탁드립니다.”

　나는 이렇게 말한 뒤 전화를 끊었다.

　조카라면 아주 어린 모습밖에 기억에 없다. 대체 어떤

소년으로 자랐을까.

　다음으로 연락한 사람은 고모(아버지의 여동생)였다. 나는 우연히도 오빠가 죽기 몇 개월 전, 몇 년 만에 연락을 했었다. 그 계기를 만든 이도 실은 오빠였다.

　"요전에 고모한테 연락했다가 완전 무시당했어"라는 오빠의 문자 메시지를 받은 건 여름이 끝나갈 무렵이었다. 돈이라도 달라고 했겠지 싶어 "돈 빌려달라고 할까 봐 놀라신 거 아니야?"라고 짧게 답신했다.
　"하하하, 딱 맞혔네. 난 천애 고독이야. 아무한테도 기댈 수 없지."
　기도 죽지 않고 대답한 오빠에게는 그것을 마지막으로 답신을 보내지 않았다.
　나는 곧장 고모에게 문자를 보냈다.
　"오빠가 폐를 끼친 모양이네요. 늘 죄송해요. 일 때문에 도쿄에 갈 때가 있으니 꼭 만나요."
　고모는 "만나는 날을 기대하고 있을게"라고 금방 답신

을 보내왔다.

　오빠가 죽었다고 전하자 고모는 무척 놀란 기색이었다.

　오빠는 외가 쪽 친척보다는 친가 쪽 친척과 더 친했다. 오빠가 일자리를 전전하던 시절, 오빠를 걱정하던 고모네에 얹혀산 적도 있다.

　오랜 세월 초등학교 교사로 일한 고모는 명랑하고 남을 잘 보살피는 사람이다. 올바름과 상식을 중시하는 말과 행동, 그리고 생활 태도는 우리 일족 중에서는 별종이었고 베테랑 교사의 분위기를 물씬 풍겼다. 나는 그런 고모를 옛날부터 좋아해서, 오빠 일로 몇 개월 전에 문자를 보냈을 때도 오랜만에 연락을 주고받은 것이 기뻤다.

　고모는 내 이야기를 듣더니 울먹이는 목소리로 말했다.

　"나도 갈게, 그 애를 만나러 시오가마까지."

도호쿠 신칸센
하야부사

전화를 끊고 곧장 도호쿠 신칸센 '하야부사'*의 좌석을 예매한 뒤, 오미야역에서 탑승할 고모가 옆자리 표를 예매할 수 있도록 준비했다.

하야부사의 차창으로 본 오미야는 상상했던 것보다 큰 도시였다.

고모는 평소처럼 빠른 걸음으로 성큼성큼 통로를 지나 내가 기다리는 자리로 왔다. 5년 전 어머니의 장례식에서 만났을 때와 전혀 달라지지 않은 젊은 모습이었지만 이제는 흰머리가 살짝 눈에 띈다. 그런 고모의 옷차림을 보고 나는 움찔했다.

※   도호쿠 신칸센 중 가장 빠른 열차 이름으로 '매'라는 뜻.

상복을 입고 있었던 것이다.

생각해 보면 그야말로 당연한 일이다. 무엇보다 우리는 오빠를 화장하기 위해 시오가마 경찰서에 가서 그길로 장례식장으로 향하는 것이니까.

하지만 가장 중요한 상주인 나는 하필이면 평상복 차림으로 하야부사의 좌석에 앉아 있었다. 상복 같은 건 완전히 잊어버리고 있었던 것이다.

무릎 위에 얹은 백팩에는 개 산책용 추리닝과 목장갑, 그리고 책이 한 권 들어 있을 뿐이었다.

나는 부끄러워서 얼굴을 붉히며 물끄러미 내 발치를 내려다봤다. 돌아다니기 편하도록 스니커즈를 신고 있었다. 얼마나 부주의한 짓인가.

망했다…. 얼굴이 새빨개진 나를 눈치채지 못한 듯, 고모는 내 차림새를 흘끗거리지도 않고 평소처럼 한 손을 휙 들더니 "어머, 오랜만이네" 하고는 옆자리에 털썩 앉았다.

이것이 고모 스타일이다.

"오랜만이에요, 고모. 이런 일로 불러내서 죄송해요."

"뭘, 친척이잖니! 그래서 어떤 상황이야?"

고모는 특유의 허스키한 목소리로 내게 물었다.

오랫동안 교단에 서서 아이들을 불러 그렇겠지만 목소리가 굉장히 쩌렁쩌렁하다. 우리와 같은 3인석의 통로 쪽에 앉아 있던 남자 회사원이 흠칫 놀라며 이쪽을 쳐다봤다.

나는 고모에게 차례차례 설명했다.

오빠가 죽은 곳은 오빠의 집이었고 날짜는 10월 30일 오후였다는 것. 최초 발견자는 아들 료이치였는데 그 애가 구급차를 불렀다는 것. 지금은 아동상담소에서 보호하고 있다는 것. 시오가마 경찰서에서 시신을 인수하면 곧바로 장례식장으로 간다는 것. 이번에 거기 머무르는 동안 어떻게든 임대 연립주택을 빼고, 앞으로의 일을 결정해야 한다는 것.

설명을 다 들은 고모는 한숨을 쉬더니 "걔도 참 바보로구나. 가엾게도" 하고는, 오른손으로 은테 안경을 만지며 떨리는 목소리로 말을 이었다.

"옛날부터 너한테 폐만 끼치고 말이야. 그래도 그 애, 나

쁜 점도 잔뜩 있었지만 아무도 미워하지 않았어. 어릴 적부터 마음만은 따뜻한 아이였거든, 누구보다도….”

고모는 눈가를 훔쳤다.

옆자리에 앉은 남자가 우리 이야기에 이끌려 귀를 쫑긋 세우는 것을 손바닥 보듯 알 수 있었다.

마음만은 따뜻한 아이

오빠는 어머니가 췌장암에 걸렸다는 사실을 안 직후에 우리가 태어난 고향에서 미야기현 다가조시로 이사를 결정했다. 7년 전의 일이다.

그 결정에는 역시 놀랐다. 어쨌든 오빠와 어머니는 마치 운명 공동체처럼 늘 가까이에 살며 정신적으로, 또 금전적으로 서로 의존하며 지내왔기 때문이다.

아버지가 돌아가신 뒤 어머니는 뭐든 오빠가 말하는 대로 따랐다. 예컨대 그때까지 40년 넘게 운영해 온 재즈 카페를 새 단장해 스낵바*로 만들면 좋겠다는 오빠의 갑작스러운 아이디어에 따라, 어머니는 큰돈을 들여서 가게를

● 여성이 카운터 너머로 손님을 접대하는 술집. 손님은 술과 가벼운 음식을 먹으며 가게 주인이나 점원과 대화를 즐기고 노래방 기기로 노래를 부르기도 한다.

리모델링하고 젊은 여자를 몇 명 고용했다. 내 입장에서는 그때까지 오랜 세월에 걸쳐 쌓아 올린 우리 가족의 추억을, 아버지가 사랑한 장소를 한순간에 빼앗긴 듯한 충격이었다.

스낵바 운영은 얼마 못 가 파탄이 났지만 그 뒤로도 어머니는 오빠를 계속 맹신했다. 동시에 여러 가지 형태로 오빠를 원조했다. 특히 전처 가나코와 이혼한 뒤로는 오빠가 본가에 들러 돈을 달라고 조른다는 이야기를 어머니로부터 들었다. 어머니가 남긴 일기에도 그 고뇌가 면면히 드러나 있었다.

그런데도 오빠는 어머니에게 주어진 시간이 그리 길지 않다는 사실을 안 직후 이사를 결정했다. 그 결정이 나한테는 어머니를 버리는 일이나 마찬가지로 여겨졌다.

어머니는 종종 "넌 사람이 차갑지만 네 오빠는 다정하니까"라고 말했다. 그리고 "내가 네 오빠를 외롭게 만들어서 버릇이 없어진 거야"라고 변명처럼 덧붙였다. 외롭게 만든 이유는 꽤 오랜 시간이 흐른 뒤 어머니에게서 들었다. 내가 어린 시절 병약해서 입원과 퇴원을 반복했던 탓에 오빠를 친척에게 자주 맡겼던 모양이다. 오빠는 점점 외로움을 많이 타게 되었고 늘 울었다고 한다.

정말 모든 게 내 탓이었을까. 내가 병약했기 때문에 오빠는 지금과 같은 인간이 되었다고 말하는 건가? 나는 그 점이 의문이어서 어머니에게 반발했다. 그러면 어머니는 반드시 다음과 같은 말로 내 입을 틀어막았다.

"넌 아무것도 몰라."

오빠는 분명 다정한 면도 있는 사람이었다.

동물을 좋아하고 아이들을 좋아하고 눈물이 흔한 사람이었다. 그러나 반려동물을 연신 들여서는 제대로 돌봐주지 않아 눈 깜짝할 사이에 죽게 만드는 사람이기도 했다. 흔한 눈물은 기만이자 속임수였다. 거짓말만 하는 사람이었다.

난폭하고 남의 기분을 헤아리지 못하는 제멋대로인 남자.

어머니가 아무리 감싸려 해봤자 나한테는 그런 오빠였다.

30년 전 아버지가 돌아가셨을 때, 장례식을 마치고 본가로 돌아온 뒤 오빠는 나를 심하게 힐책했다.

  장례식 도중 오빠가 어머니에게 "제대로 간병도 안 해서 아버지를 돌아가시게 만든 건 당신이야"라고 말했기 때문에, 나도 오빠에게 반격했던 것이다.

  "제대로 간병을 안 한 건 오빠잖아. 이제까지 한 번도 병원에 안 오다가, 아빠가 위독해지니까 겨우 찾아와서는 복도에서 엄마한테 돈만 받고 갔잖아."

  오빠는 나를 노려봤지만 친척 앞이라고 체면상 아무 말도 하지 않았다. 그 대신 집에 돌아오자마자 큰 소리로 나를 매도하기 시작했다. 매도라기보다 공갈이었다. 끝없이 이어지는 거친 말들에 어머니는 울었고, 나는 끈기가 달려 그 자리에서 도망쳤다.

  그날을 경계로 나는 오빠를 오빠로 여기지 않게 되었고 형식적인 왕래조차 피했다. 어머니는 나와 오빠의 관계 때문에 마음 아파했지만 최종적으로는 오빠를 편드는 쪽을 택했다. 나는 어머니와도 거리를 두게 되었다.

드디어 오빠의 이사가 결정된 날, 어머니는 불안한 목소리로 나한테 전화를 걸어 어쩌면 좋으냐고 했다.

어머니의 목소리를 듣고 암담한 기분이 들었다. 상대가 말기 암 환자인 어머니라는 사실을 알면서도 "가게 내버려두면 되잖아"라고 대답할 수밖에 없었다. 어머니가 나한테 뭘 바라는지 알 수 없었다.

나보고 어쩌라는 말이야? 오빠를 못 가게 막으라는 거야? 미안하지만 얽히고 싶지 않아.

나는 "조만간 돌아올 테니까"라고 덧붙이고 전화를 끊었다.

그러고 나서 일주일쯤 지났을 때의 일이다. 어머니로부터 다시 전화가 걸려왔다. 오빠가 이사한 다가조시에서 연립주택을 빌리려는데 임대 계약을 하려면 보증인이 필요하다는 것이다. 집주인이 연로한 어머니 말고 다른 보증인을 붙여달라고 말했단다. 어머니는 일생일대의 부탁이니 오빠를 위해 보증인이 되어달라고 내게 애원했다.

나는 분노에 떨며 어머니의 이야기를 들은 뒤 "죄송한데 그긴 거절할게요!" 하고 거칠게 전화를 끊었다.
　그러자 곧바로 오빠에게서 전화가 왔다.

　"부탁이야, 마지막 기회거든. 다가조에서 정규직 일자리를 찾았어. 너한테만은 절대로 폐 끼치지 않을게. 나랑 네 조카를 버리지 말아줘. 일생일대의 부탁이야."

　"절대 안 돼"라고 대답했다.
　조카를 버리지 말아달라는 오빠의 말에 맹렬히 화가 치솟았다.
　아이를 방패 삼는 건 갈 데까지 간 거다. 오빠는 내가 거절을 못 하리라는 걸 알고 매달리는 것이다. 그 인간은 전부 알고서, 그러고도 나에게 압박을 가하고 있다.
　나는 마지막까지 안 된다며 물러서지 않았다.
　결국 포기한 오빠는 통화 마지막에 문득 생각났다는 듯 고함쳤다.
　"엄마가 그러던데, 넌 다른 사람한테 너무 엄격하대! 네가 뭐라도 되는 줄 알아? 잘난 척은!"

　다음 날이 되자 다시 어머니로부터 연락이 왔다. 어머니
라는 걸 알았기 때문에 전화를 받지 않았다. 그러자 몇 번
이나, 몇 번이나 전화벨이 울렸다. 어쩔 수 없이 받았더니
어머니는 오열하며 "부탁이야"라고 거듭 말했다.

　이것이 내가 오빠네 집 계약의 보증인이 된 경위다.

체납이 시작되다

2019년 여름쯤부터 집세가 계속 밀려서 오빠네 연립주택 관리회사에서 나한테 연락이 왔다.

"이제 곧 체납 3개월째가 됩니다. 3개월이 넘으면 보증인께서 대신 집세를 내주셔야 해요."

관리회사의 남자 직원이 면목 없다는 듯 말했다.

나는 오빠의 휴대폰으로 메시지를 계속 보냈다.

"집세 내줘. 폐 안 끼친다고 말했지? 폐 끼치면 오빠랑은 남이 되는 거야."

내 입에서 나오는 '남'이라는 말을 오빠는 무엇보다 싫어했다.

　5년 전 어머니의 장례식에서 오빠는 다른 사람들 눈을 아랑곳하지 않고 울었고, 관 뚜껑이 닫히자 큰 소리로 "엄마, 고마워!"라고 말했다. 그리고 나를 돌아보며 덧붙였다. "우리 둘만 남았네."

　남매니까 앞으로도 사이좋게 지내자, 서로 도우며 살자. 그런 말을 울면서 하는 오빠에게 왠지 무서움을 느꼈다. 오빠는 누군가의 도움을 받지 않으면 살아가지 못하는 사람이었다. 그때까지도 부모와 배우자에게 기대어 살아왔다. 그 대상을 모두 잃은 오빠가 매달리는 듯한 눈으로 나를 보고 있었다. 도망쳐, 도망치는 거야, 온 힘을 다해…. 나는 마음속으로 몇 번이나 거듭 읊조렸다.

　그 뒤로 나는 무슨 일이 있을 때마다 오빠에게 "나는 이미 결혼했으니까"라고 말하며 우리 사이에 선을 그어왔다고 생각했다. 당신은 나한테 기댈 수 없다고 분명히 못을 박아왔다 생각했다.

　몇 번이고 메시지를 보내도 반응이 없는 오빠에게 속을 끓이며 전화를 걸었다. 몇십 번이나 걸었다. 드디어 백기를 든 오빠가 다음 날 답신을 보내왔다.

"내일 입금하기로 이야기가 되어 있어. 이제 남이네. 전화할 낯이 없구나. 폐 끼쳐서 미안하다. 병이 생긴 뒤로 생활이 무너졌어."

지병으로 당뇨병과 고혈압이 있었던 오빠는 2016년에 협심증까지 생겨 카테터 치료를 받았다. 그 뒤로 몸이 완전히 회복되지 않았다는 건 나도 알고 있었다. 마음이 흔들리기 시작했다. 한 달치만이라도 대신 내주는 편이 좋을까.
오빠는 잠시 후 "아들을 위해 노력하겠지만 궁지에 몰려서 어떻게도 할 수 없어"라는 메시지를 보내왔다. 얼마간 갈등했지만 나는 답신을 쓰지 않았다.
그러자 오빠는 내 답신을 요구하듯 덧붙였다.
"폐 끼쳐서 미안해. 이렇게 되리라고는 생각도 못 했어. 내가 한심하구나."
나는 그래도 답신을 보내지 않았다. 과거의 다툼이 떠올라 분노에 떨면서도 몸이 망가진 오빠가 걱정돼 견딜 수 없었다. 하지만 여기서 꺾이면 언젠가 반드시 호된 꼴을 당하리라는 것을 알고 있었다.

예전에 이런 일이 있었다.

어머니의 장례식에서 오빠는 상주였음에도 불구하고 중요한 일은 무엇 하나 하지 않았다. 어머니가 돌아가신 뒤에 필요한 갖가지 수속과 비용 지불을 모두 내가 했는데, 오빠는 그게 불만이었던 모양이다.

장례식을 마치고 다가조로 돌아가려던 시점에 나를 붙들더니 "너, 얼마 벌었냐?"라고 물었다.

"무슨 소리야?"

"장례식에서 네가 얼마 벌었냐고."

"안 벌었어."

"장례비 내고도 조금은 남잖아?"

"남을 리 없잖아. 앞으로 돈 낼 데가 얼마나 많은지 알아?"

"저기, 부탁이니까 좀 나눠줘. 이대로라면 다가조로 돌아갈 수 없어.”

　“그런 거 내기 알 게 뭐야.”

　“오빠를 버리는 거냐? 부탁이야, 이게 마지막이니까.”

　나는 마음 깊은 곳에서 공포를 느꼈다. 마침내 오빠는 타깃을 나로 좁힌 모양이었다.

　허겁지겁 지갑에서 5만 엔을 꺼내 오빠에게 떠넘기듯 건네며 “이게 마지막이야”라고 내뱉은 뒤, 달아나듯 그 자리를 떠났다. 오빠는 내 등에 대고 “고맙다!” 하고 크게 외쳤다.

경찰서에서

고모와 어린 시절 추억 이야기를 흥겹게 나누다 보니 눈 깜짝할 사이에 센다이역에 도착했다.

센다이 날씨는 쾌청했다. 으리으리한 센다이 역사 창문으로 언뜻 보기만 해도 아름다운 도시라는 게 느껴졌다. '이렇게 아름다운 도시인데 아무데도 못 들르는 건가, 센다이의 명물 규탕°도 못 먹는 건가' 하며 아쉬워했다.

센다이역부터는 센세키선으로 갈아타고 시오가마로 향했다. 내리는 곳은 시오가마 경찰서와 가장 가까운 혼시오가마역이다.

● 　소의 혀를 얇게 썰어서 구운 요리.

가는 길에 고모는 자기 손자가 어떻게 자라고 있는지 기쁜 표정으로 얘기해 줬다. 나는 충만한 생활이 느껴지는 고모의 유쾌한 '따발총 토크'를 들으며 맞장구쳤지만, 역이 가까워질수록 압박감에 몸이 으스러질 것 같았다.

오빠는 정말 죽은 걸까. 이제부터 오빠의 시신을 마주하고 화장을 할 거라니, 실제 상황일까.

고모와 함께 한산한 혼시오가마역에서 내린 다음 구글맵Google Map을 보며 시오가마 경찰서로 향했다.

역에서 도보로 15분쯤 걸리는 거리였지만, 대규모 도로 공사를 하고 있어서 길을 돌아가느라 어렵사리 커다란 크림색 건물에 도착했다. 미야기현경 시오가마 경찰서다.

나는 조금 들뜬 마음으로, 거기서 만나기로 한 가나코의 모습을 찾았다. 지금까지 쭉, 가나코와 나는 사이가 괜찮다고 내 맘대로 생각해 왔다. 오빠와 이혼한 뒤에 얼굴을 마주한 적도 있었는데 가나코는 늘 밝은 표정으로 나를 대했다. 그래서 이런 때라고 해도 나는 가나코와의 재회를 기대하고 있었던 것이다.

경찰서 입구의 잿빛 철문 근처에 회색 코트를 입은 호리호리한 여자와 키 큰 소녀가 서 있는 것이 보였다.

가나코, 그리고 그녀와 오빠 사이에서 태어난 큰딸 마리나였다.

가나코는 상복에 펌프스를 신고 있었다. 상주이자 유일한 여동생인 내가 평상복 원피스에 스니커즈 차림으로 나타났는데도.

"가나코, 오랜만이야!"

애써 밝게 말을 걸자 가나코는 미소를 지었지만 긴장하고 있는 것이 훤히 보였다.

가나코 옆에 서 있던 여고생 마리나는 꾸벅 머리를 숙였다. 마지막으로 만난 건 꽤 오래전이지만 그때의 모습이 남아 있었다. 눈이 크고 귀여운 아이다. 오른손에 휴대폰을 꼭 쥔 채 긴장한 기색이었다.

고모도 가나코를 잘 알고 있어서 대충 인사를 나눈 뒤 우리 네 여자는 시오가마 경찰서로 들어갔다. 급조된 오빠 시신 인수 팀이다.

시오가마 경찰서는 그야말로 판으로 찍어낸 듯 전형적인 경찰서였다. 시오가마 경찰서라기보다 '나나마가리 경찰서'*라 부르고 싶을 정도로 건물 전체가 옛날 분위기를 풍기고 있었다. 고풍스러운 쥐색 사무실 가구와 한쪽 벽면에 붙어 있는 지명 수배자 포스터가 정말이지 시골 경찰서 같았다.

천장에 매달려 있는 두꺼운 플라스틱 행선지 표시판도, 경찰들의 책상을 나누는 간유리가 끼워진 파티션도 전부 낡아서 내가 어린 시절 자주 봤던 옛날 풍경 그 자체였다.

입구 바로 옆 팥죽색 벤치에 고모와 마리나를 앉혀두고, 가나코와 나는 접수창구로 갔다.

"저어, 오빠의 시신을 인수하러 왔는데요…."

내가 말하자, 이미 이야기가 되어 있는 듯 안경을 낀 까까머리 젊은 경찰이 금방 나왔다.

"어느 분이 무라이 씨세요?"라고 해서 나는 오른손을 들

● 　1972~1986년에 방영된 일본 형사 드라마 〈태양을 향해 울부짖어라!〉에 등장하는 경찰서.

었다.

"그럼 친족이시니 무라이 씨만 이쪽으로 오세요. 담당자인 야마시타 씨가 안 나와서 제가 대신 안내하겠습니다."

'앗, 벌써 시신과 대면하나?' 싶어 순간적으로 당황했다. 하지만 간소하고 좁은, 어두컴컴한 방으로 데려갈 뿐이었다.

낡아빠진 사무용 책상 하나와 철제 의자, 벽을 따라 세워둔 쥐색 파일 선반 두 개가 다인 방이었다.

'취조실이 이런 느낌일까?' 하는 생각에 조금 두근거렸다.

철 지난 선풍기가 덩그러니 놓여 있었고, 벽에는 '사진 촬영 금지'라고 쓰인 포스터가 붙어 있었다. 포스터의 네 귀퉁이에 붙인 셀로판테이프는 누렇게 변색되어 끝이 말려 있었다.

덜컹거리는 철제 의자에 앉아서 한동안 기다렸더니 아까 그 경찰이 파일을 들고 나타났다. 그는 내 맞은편 철제 의자에 털썩 앉아 안경을 고쳐 쓴 뒤, 파일에 끼여 있는 서류를 넘기며 급하게 소리 내어 읽었다.

"사망 추정 시각은 10월 30일 오후 4시경. 사인은 뇌출

혈. 최초 발견자는 아들이며 현재 아동상담소에서 보호하고 있음. 으음, 그래서 장의사는 만나셨어요?”

"아뇨, 방금 전에 시오가마에 도착해서 아직 못 만났는데요, 여기서 보기로 했어요.”

경찰은 알겠다고 대답한 뒤 훌쩍 일어서서 방을 나갔다. 벨트를 두른 허리 부근에 제복 셔츠가 살짝 삐져나와 있었다. 그리고 순식간에 몸집이 큰 남자를 데리고 돌아왔다. 장례업체 담당자인 고지마 씨였다. 경찰서 입구에서 우리를 기다리고 있었는데 엇갈린 모양이다.

고지마 씨는 키가 2미터나 되는 거구였다. 약간 긴 머리카락은 포마드를 발라 뒤로 싹 넘겼고, 먼지 한 톨 없이 아주 고급스러운 상복을 완벽하게 차려입었다. 목소리는 낮았는데 좁은 방 안에서도 잘 울려 퍼졌다. 번쩍번쩍한 은색 안경테 너머의 눈은 초록빛이 감도는 회색이었다. 부드러운 미소를 띠고 있었다.

"담당자인 고지마입니다.”

침착하고 낮은 목소리로 말하며 내게 명함을 건넸다. 비누 냄새가 났다. 그런 다음 겨드랑이에 끼고 있던 커다란 갈색 봉투에서 종이 한 장을 획 꺼내더니 경찰에게 건넸다. 오빠의 사체검안서 복사본이었다.

　"이겁니다" 하는 고지마 씨에게 경찰은 "와, 고맙습니다"라고 작게 말하더니 다시 허겁지겁 방을 나갔다. 고지마 씨는 미소 띤 얼굴로 아무 말도 하지 않았다.

　경찰은 금세 돌아와서 나에게 서류를 몇 종류 보여주며 사인하라고 했다. 그러더니 시원스레 말했다.

　"이걸로 수속은 끝났습니다."

　당황한 내가 "이, 이제 오빠를 보는 건가요…?"라고 묻자, 경찰은 고개를 좌우로 흔들며 "아뇨, 아뇨" 했다.

　"그럴 상태가 아니라서요."

　"…네?"

　"여기서는 보여드릴 수 없어요."

　"상태가 나쁘다는 말씀이세요?"

"아뇨, 보여드릴 수가 없는 상태예요."

그 말에 내가 완전히 당황하자, 경찰의 아버지뻘쯤 되는 연배인 고지마 씨가 차분한 목소리로 끼어들었다.

"오빠분의 시신 말입니다만, 지금 현재 아무것도 몸에 걸치지 않은 상태라서요. 저희 장의사가 시신을 깨끗하게 만든 다음 수의를 입혀드리려고 합니다. 따라서 그 비용이 3만 8,500엔인데요⋯."

여기서 "아뇨, 어차피 화장할 거니까 수의는 필요 없어요"라고 말할 대담한 사람은 없을 것이다. 여하튼 상대는 키가 2미터도 넘을 성싶은 거구의 남자다. 게다가 그렇게 말하면 마치 내가 피도 눈물도 없는 인간처럼 보이지 않겠는가. 나는 패기라고는 전혀 없는 목소리로 잘 부탁드린다고 말했다.

경찰과 고지마 씨의 뒤를 따라 터벅터벅 걸어서 작은 방을 나왔다.

경찰서 입구 쪽에서 기다리던 고모와 가나코는 내 모습을 보고 나란히 일어섰다. 가나코가 물었다.

"이제 보러 가요?"

"아니, 지금부터 장의사가 깨끗하게 만들어준대. 그래서 대면은 장례식장에서 하는 모양이야!"

우리는 왠지 묘할 만큼 명랑하게, 결혼식이 끝난 뒤 옷을 갈아입고 나올 신부를 기다리는 친척마냥 와글와글 이야기를 나눴다. 나는 진심으로 안도하고 있었다.

아아, 이로써 겨우 화장할 수 있다.

이상하게 흥이 나 있는 우리에게로 고지마 씨가 소리 없이 천천히 다가왔다.

"화장할 때까지 두 시간 정도 남았습니다만, 장례식장으로 가시겠습니까?"

나는 가나코의 얼굴을 보며 "오빠네 집에 갈래?"라고 물었다. 가나코가 당연하다는 듯 고개를 끄덕였다.

오빠가 살던 연립주택은 시오가마 경찰서에서 택시로 10분 정도 걸리는 곳에 있었다. 그래서 화장할 때까지 시간이 남으면 일단 집 안을 확인하자고 사전에 둘이 계획을 세워둔 것이다.

집주인도 내가 이날 온다는 것을 알고 있으니 아침부터 이제나저제나 기다리고 있을 터였다.

"우선 오빠네 집을 보고 올게요"라고 고지마 씨에게 말했더니, 그는 미소를 띠며 "알겠습니다, 그럼 여기서 기다릴 테니 오후 1시 정도까지는 돌아와 주세요"라고 대답했다.

얼른 집주인에게 연락해서 지금 바로 간다고 전한 뒤, 고모에게는 따뜻한 경찰서 안에서 기다려달라고 부탁했다.

고모는 들고 있던, 세로로 두 번 접은 《도쿄신문》을 쳐들며 큰 소리로 말했다.

"나한텐 이게 있으니까 걱정하지 마!"

오빠의 집

　조용한 주택가에 자리한, 강을 바라보고 있는 2층짜리 파스텔톤 연립주택이었다. 맞은편에는 커다란 아파트 단지가 있었다. 주위에는 깨끗한 주택이 늘어서 있고 도로에는 쓰레기 하나 없어서 언뜻 보기에는 환경이 좋은 지역 같았다.

　우리가 택시에서 내리자, 연립주택 앞에 주차되어 있던 하얀 경차에서 야구 모자를 쓴 할아버지가 기세 좋게 나왔다. 집주인 다나베 씨였다.

　다나베 씨는 황급히 인사하는 우리에게 별다른 반응을 보이지 않았다. 열쇠를 내게 건네며 "여기 1층이요"라고 짤막하게 말하고는 눈 깜짝할 사이에 사라졌다. 화가 난 걸까, 아니면 급한 일이 있는 걸까. 나는 판단이 서지 않았다.

가나코를 보니 그전까지 띠고 있던 미소가 완전히 사라져 버렸다. 조카 마리나는 긴장한 표정이었는데 그것도 무리는 아니다. 연립주택 주변은 정적에 휩싸여 쥐 죽은 듯 고요했다.

이 순간을 내내 두려워하고 있었다.

지려놓은 대소변, 구토, 말도 안 되게 어질러진 방…. 시오가마 경찰서의 야마시타 씨에게서 단편적으로 얻은 정보만으로도 아수라장은 쉽게 상상이 되었다. 지옥으로 변한 오빠의 집은, 우리 눈앞의 날림 공사한 현관문 몇 미터 앞에 펼쳐져 있다.

문 아래쪽에 달린 우편물 투입구 위에 종이테이프가 치덕치덕 발려 있고, 거기에 검정 펜으로 '전단지 사절'이라고 쓰여 있었다. 기억에 남아 있는 오빠의 글씨다.

열쇠 구멍에 꽂은 열쇠를 돌릴 용기가 좀처럼 나지 않았다. 잠시 못 박힌 듯 서 있자, 바로 뒤에 있던 가나코가 "각오

합시다. 이제 들어가는 수밖에 없어요"라고 말했다.

　나는 "으응…"이라고 대답한 뒤, 꽂아 넣은 열쇠를 오른쪽으로 천천히 돌렸다.

　아무런 저항 없이 자물쇠가 스르륵 열렸다.

　서서히 문손잡이를 돌렸다.

　처음으로 느낀 건 강렬하고 고약한 냄새였다.

　이것은 인간이 뿜어내는 냄새라고 직감했다. 음식물 쓰레기보다는 액체가 썩은 듯 강렬한 악취였다.

　커다란 남자 신발과 부츠가 쌓여 있는 좁은 현관의 문턱에 서서 주변을 둘러봤다. 가나코와 마리나는 아직 문 앞에 서 있었다.

　정면으로 보이는 새시 창에서 햇빛이 눈부시게 쏟아지고 있었다.

　현관 왼쪽은 화장실과 욕실, 정면은 다이닝키친이었다. 다이닝키친을 감싸듯 6첩*짜리 방이 세 개 배치되어 있었

●　　다다미 한 장을 세는 단위로 1첩은 대략 0.5평이다.

다. 가나코가 '백엔샵'에서 샀다는 슬리퍼를 재빨리 내밀
었다.

　가나코에게 고마워하며 슬리퍼를 받아 신고, 악취를 견
디며 부엌으로 천천히 들어갔다. 싱크대에는 더러운 접시
가 산더미처럼 쌓여 있었다. 싱크대 속 개수통에는 물이
가득했는데 거기에도 접시와 밥그릇이 처박혀 있었다.

　바로 얼마 전까지 조리를 했던 분위기가 짙게 감돌았다.
프라이팬에는 무언가가 눌어붙었고, 튀김 젓가락은 좌우
가 각기 다른 방향을 향해 난잡하게 뒹굴었으며, 조미료
뚜껑은 어설프게 열린 채였다. 인스턴트 라면 봉지는 오빠
가 양손으로 뜯어서 연 형태 그대로 남아 있었다.

　장판은 기름과 먼지를 뒤집어써서 끈적끈적했고, 그 위
를 걸으면 슬리퍼가 바닥에 들러붙어 쩍쩍 소리가 났다.

　인슐린 자가 주사용 주입기가 들어 있는 상자, 대량의
내복약, 텅 빈 싸구려 맥주 캔, 4리터들이 소주 페트병 몇
개, 음식물 쓰레기가 들어 있는 쓰레기봉투, 옷가지, 컵라
면 등 온갖 물건이 흩어져 있었다. 냉장고 측면에는 먼지

투성이가 된 배달 피자 메뉴가 대롱거렸고, 아이가 좋아할 법한 스티커도 덕지덕지 붙어 있었다.

부엌 전체에 기름과 먼지가 두껍게 들러붙어서 벽과 바닥, 싱크대, 진열장 등 모든 것이 황갈색으로 변색된 상태였다. 들러붙은 기름 위로 먼지가 쌓이고 그 위로 또다시 기름이, 거기에 또 먼지가 두껍게 쌓여 솜털처럼 하늘하늘 흔들렸다. 수건걸이에 걸린 수건은 새까맸다.

냉장고 옆의 커다란 수조 두 개에는 거북과 물고기를 기르고 있었다. 냄새가 굉장히 지독했다.

아동상담소의 직원으로부터 료이치가 반려 거북과 물고기를 매우 걱정한다는 이야기를 들었다. 양쪽 다 근근이 목숨을 부지하고 있지만 이 가련한 생명체들을 어떻게 하

면 좋을지 도무지 모르겠다. 그들이 살아 있다는 것에 안심하면서도 너무나 엄청난 광경에 말문이 막혔다.

시궁창 같은 냄새가 나는 수조 속에 살아 있는 거북과 물고기에게 먹이를 준 뒤 부엌 안쪽의 거실로 들어갔다.

2인용 인조가죽 소파는 엉덩이가 닿는 면이 찢어져서 안쪽 솜이 튀어나와 있었다. 그 위에는 때가 탄 얇은 면 이불이 뭉쳐진 채 놓여 있었다. 소파 앞의 작은 사각형 탁자 위에는 먹다 만 커피 페트병이 세 개 늘어서 있었다. 우편물 다발 위에 불안정하게 놓인 커다란 유리 재떨이에는 담배꽁초가 산더미처럼 쌓여 있었다.

연고, 라이터, 안경, 펜, 시계, 안쪽에 새까맣게 찻물 때가 낀 머그잔, 티슈 케이스…. 온갖 물건들이 널브러져 있다.

오빠가 소파에 앉아서 페트병에 든 커피를 마시며 두 눈을 가늘게 뜨고 담배를 피우는 모습이 보이는 듯했다.

　바로 얼마 전까지 오빠가 여기서 살며 생활했던 모습이 담긴 영상이 엄청난 속도로 내 머릿속에서 재생되었다. 오빠가 숨을 쉬는 소리까지 들리는 듯했다.

　나른하게 소파에 앉아 리모컨으로 TV를 켜고 담배에 불을 붙인다.

　페트병 뚜껑을 비틀어 열고 달달한 커피를 꿀꺽꿀꺽 마신다.

　한숨을 쉬고 부스스한 머리를 쥐어뜯으며 집세를 어떻게 낼지 고민한다.

　오빠의 영혼은 아마도 아직 이곳에 있겠지. 그렇게 생각하니 오싹했다.

　공포를 떨쳐내려고 거실 창문을 열어젖혔다.

　창문은 좁은 도로 쪽으로 나 있었고 오른편으로 강이 바라다보였다. 볕이 아주 잘 들고 바람도 잘 통한다.

지옥으로부터 도망갈 길을 확보한 기분이었다. 심호흡을 하며 마음을 안정시켰다.

"생활하셨던 그대로예요"라는, 시오가마 경찰서의 야마시타 씨가 했던 말의 의미는 현실을 목격하기 전까지 이해되지 않았다. 오빠가 남긴 이 대량의 유품을 내가 어떻게 처분해야 한단 말인가.

행복 컬렉션

　5년 전 어머니가 돌아가셨을 때 나는 그 유품의 어마어마한 양에 아연실색했다. 그래서 늘 신변 정리를 의식하게 되어, 가지고 있던 물건도 절반 정도로 줄였다. 내가 큰 병에 걸렸던 2년 전부터는 책 말고는 물건을 별로 늘리지 않았다. 옷가지도 새로운 것을 손에 넣으면 낡은 것은 미련 없이 버렸다.

　반면 오빠는 어떤가. 수집벽이 있었던 오빠의 집은 그야말로 잡동사니 창고였다.

　거실에 설치된 선반에는 낡은 피규어가 빼곡히 늘어서 있었는데, 가나코의 말에 따르면 그중에는 값이 상당한 물건도 있다고 했다. 그렇다고 팔아치울 마음도 들지 않는다. 판매고 나발이고 더러움이 꽤나 눈에 띄었던 것이다.

오빠의 집 안을 둘러보니 모든 물건의 시간이 1년 정도 멈춰 있는 듯했다.

모든 것이 기름투성이가 된 채 먼지를 뒤집어쓰고 있다. 집 전체가 켜켜이 때로 뒤덮여 있다. 방 구석구석까지 빈곤이라는 커다란 솔로 빈틈없이 치덕치덕 칠해 놓은 듯하다.

등에 메고 있던 백팩을 벗어 소파 위에 두고 코트를 벗은 다음, 즉시 탁자 위의 물건을 확인해 나갔다. 오빠는 주렁주렁 장식이 달린 화려한 액세서리를 좋아했는데, 그런 부분도 내가 오빠와는 취향이 전혀 안 맞는다고 생각했던 이유 중 하나였다. 오빠 취향의 커다란 팔찌가 몇 개나 굴러다니고 있었다.

주머니칼과 모조 권총 등의 잡동사니를 치우자 커다란 키홀더가 나왔다. 가나코에게 "여기 있었어" 하며 보여줬다.

나는 야마시타 씨로부터 "다가조 시내에서 이동하려면 차가 필요해요. 차가 없으면 이 일대에서는 아무것도 못 하거든요"라는 조언을 전화로 들은 뒤 오빠의 차로 시내를 돌아다닐 계획을 세워둔 것이다. 연립주택 앞에는 공구가 잔뜩 실린 은색 왜건이 서 있었는데, 가나코와 나는 둘 다 그것이 오빠의 차라고 직감했다.

　다음으로 살핀 곳은 현관에서 봤을 때 부엌 오른쪽에 있는, 료이치가 지냈던 것으로 보이는 방이었다.

　그 방은 연립주택의 바깥 통로로 작은 창이 나 있어도 어두컴컴했고 물건으로 넘쳐났다. 벽에는 아이 옷이 여러 벌 걸려 있었지만 대부분 사이즈가 작아서 지금의 료이치는 입지 못할 것 같았다.

　바닥에는 낡은 교과서와 만화책, 문구류가 수북했다. 방 한구석의 조그만 탁자만은 깨끗하게 정리되어 있었다.

　초등학생이 지내던 방치고는 너무나 너저분했다. 료이치가 오빠와 다른 방에서 자고 일어났다는 데 조금 놀랐다.

　마지막으로 확인한 곳은 고약한 냄새의 근원인 오빠의 침실이었다. 상인방上引枋에 바지랑대를 걸쳐놓았는데, 거기에 재킷류와 세탁물이 산더미처럼 널려 있었다. 마치 종유굴 같다.

"그 사람은 옷을 좋아했으니까."

엄청난 양의 옷 더미를 본 가나코가 말했다.

개중에는 나도 본 기억이 나는 가죽 재킷도 있었다.

방에 들어가서 바로 왼쪽에는 침대, 오른쪽 구석에는 작은 탁자가 놓여 있었다.

다다미 위에는 얇은 물방울무늬 러그가 깔려 있었다. 그 러그 위에 타월 이불이 부자연스럽게 덮여 있고 그 아래로 갈색 얼룩이 번진 것이 보였다. 타월 이불 옆에는 아무렇게나 뭉쳐진 얇은 홑이불이 있었다. 둘둘 말아 더러운 걸 닦아낸 것처럼 보였다.

침대에 깔린 이불은 꾀죄죄했고 딱 베개 자리로 보이는 곳 부근에 새까만 얼룩이 남아 있었다. 시트가 구겨져 있어 오빠가 거기서 자던 모습이 눈앞에 보이는 듯했다.

나는 까만 얼룩이 토혈인지 하혈인지 판단할 수 없었지만, 그 얼룩은 베갯머리 근처의 새시 창으로 쏟아져 들어온 강렬한 저녁 햇살 아래 이상하리만큼 또렷하고 선명해 보였다. 눈이 부실 정도의 석양을 가리기 위해서인지 커다란 발이 새시 창에 달려 있었다. 일부는 찢어지고 먼지를 듬뿍 뒤집어쓴 채 비스듬하게 드리워져서 거의 떨어질 지경이었다.

　가나코와 나는 그 방에 발을 들여놓을 마음이 생기지 않았다. "심하네"라는 나의 말에 가나코는 고개만 끄덕였다.

　거실에 있던 마리나가 "엄마, 이것 좀 봐" 하고 가나코를 불렀다.

　마리나가 가리킨 꾀죄죄한 벽에는 여러 장의 사진이 압정으로 꽂혀 있었다. 대부분 가족사진이었다. 마리나는 눈물을 뚝뚝 흘렸다. 가나코와 결혼했던 시절의 가족 여행 사진, 40년도 더 전에 찍은 나와 오빠와 부모님의 흑백 가족사진, 그리고 어린 나와 오빠가 어깨동무를 하고 함께 웃고 있는 사진이었다.

　'행복 컬렉션'이라고 생각했다.

　오빠의 54년 인생 가운데 가장 행복했던 시기의 사진을 모아놓은 컬렉션이다.

우리는 방 확인을 마친 후 서둘러 시오가마 경찰서로 돌아가, 거기서 장례식장으로 이동했다.

화장

오빠는 장례식장 안 심플한 사각형 방의 거의 한가운데에 안치되어 있었다.

간소한 제단에 헌화가 조용히 놓여 있었다. 너무도 급한 전개에 영정은 준비하지 못했다.

고지마 씨가 상자에 든 꽃을 들고 와서 "마지막 인사를 해주세요" 하며 관 뚜껑을 열었다.

내가 우두커니 서 있자 고모가 내 등을 쿡쿡 찌르며 "자, 너부터!" 했다. "뭣, 나?" 하며 관에 다가가 주뼛주뼛 오빠의 얼굴을 들여다봤다.

오빠다.

흰머리가 섞이고 여위긴 했지만 오빠는 확실히 관 속에

누워 있었다.

　고모는 눈물을 흘리면서 "가엾게도" 하고 오빠에게 말을 걸며 합장했다. 나도 자연스럽게 두 손을 모았다. 가나코와 마리나, 그리고 료이치가 오빠의 관에 다가가 긴장한 표정으로 꽃을 바쳤다. 료이치는 화장 시간 15분 전에 아동상담소의 직원 두 명과 함께 아슬아슬하게 장례식장에 도착했다.

　가나코는 오빠에게 작은 목소리로 "여보, 고마워"라고 말했다. 마리나는 닭똥 같은 눈물을 흘리고 있었다. 료이치는 아무 말도 없이 관 옆에 서서 힐끔힐끔 주변을 둘러봤다.

　나는 고지마 씨에게 "만져도 될까요?"라고 물었다.

　고지마 씨는 오른손을 쓱 내밀며 '물론이죠'라는 양 고개를 크게 끄덕였다.

　나는 태어나서 아마도 처음으로 오빠의 이마를 만졌다. 오빠는 조금 차가웠고 피부는 아직 부드러웠다. 오빠의 이마에 손을 대고 이제 두 번 다시 볼 일이 없을 그 얼굴을 마지막으로 한 번, 제대로 보며 작별을 고했다.

　오빠, 잘 가.

　오빠의 죽은 얼굴을 직면해도 여전히, 눈물은 한 방울도
나오지 않았다.

다시
일어서려 하고 있었다

화장이 끝난 뒤 오빠의 유골을 무릎 위에 올린 채, 가나코가 운전하는 오빠 차의 조수석에 앉아 서둘러 연립주택으로 갔다.

가는 길에 혼시오가마역 근처에서 고모를 내려드렸다. 호텔에서 하룻밤 묵을 거라던 고모였지만 "역시 난 집에 갈게. 걱정 안 해도 돼, 혼자 갈 수 있으니까" 하며 차에서 내려 오른손을 휙 들더니 총총 가버렸다. 말리지는 않았다. 말린다고 생각을 바꿀 사람이 아니다.

고모에게는 나중에 문자 메시지로 전부 알려드리기로 약속했다.

오빠의 업무용 기재가 실린 뒷좌석에 비좁게 앉은 마리나가 "배고프다~"라고 했다. 태연한 마리나가 귀여워서 가나코에게 작은 목소리로 "잘 컸네"라고 말했다. 가나코는 "아유, 얘 때문에 얼마나 고생했는데요" 하며 웃었다.

해가 완전히 저물어 도호쿠 지방 특유의 추위가 뼛속 깊이 파고들었다. 내 무릎 위에 놓인 오빠의 유골은 아직까지도 온기가 확실히 남아 있었다.

가나코와 나의 머릿속에는 그 연립주택 안을 어떻게든 정리해야 한다는 생각뿐이었다.

호텔 체크인 전에 오빠의 집에 들러 음식물 쓰레기만이라도 처리해야 한다는 생각 때문에 초조했다. 냉장고는 식재료로 꽉 차 있을 터다. 가나코는 료이치의 짐을 모두 빼내고 싶다고도 했으니, 어쨌거나 몸을 움직이지 않으면 마음이 불안한 것이다. 식욕 따윈 전혀 없었다.

오빠의 집으로 돌아가 전등을 켜자 당연히도 쓰레기 천지는 여전히 어마어마한 쓰레기 천지 그대로였다.

부엌 창문을 열어두었지만 강렬한 악취도 사라지지 않았다. 하얀 형광등 불빛이 적적함을 한층 강조해 부엌의

기름때가 도드라졌다. 수조 속의 커다란 거북이 움직이자
등딱지가 유리벽을 쳐서 탁탁 소리가 났다.

가나코와 마리나는 곧장 료이치의 방으로 들어가 필요
한 물건과 그렇지 않은 물건을 구분하기 시작했다.

나는 홀로 거실 소파에 앉아 발치에 45리터들이 다가조
시 지정 쓰레기봉투를 두고, 탁자 위에 있는 쓰레기들을
마구 넣었다. 그러면서 오랜만에 장례식장에서 얼굴을 마
주한 료이치를 떠올렸다. 아동상담소에서 빌렸다는 감색
브이넥 스웨터에 감색 긴바지를 입은 료이치는 얌전한 소
년이었다. 너무 차분해서 걱정이 될 정도였다.

가나코는 료이치의 앞머리가 조금 길어서 두 눈을 살짝 덮
은 것을 신경 쓰고 있었다. 오랜만에 대면했을 모자는 그때
까지 쭉 함께 살았던 것처럼 눈 깜짝할 사이에 마음을 터
서, 오빠가 화장되는 동안 활기차게 이야기를 나누었다.
그 모습을 보던 고모가 눈물을 살짝 글썽이며 말했다.

"다행이야. 이제 마음 놓을 수 있겠어."

아동상담소의 직원들도 안심한 듯했다. 앞으로 처리해

야 할 수속이 많이 남아 있겠지만 료이치가 다가조시에서 이사해 자신이 태어난 고향으로, 엄마인 가나코의 품으로 돌아갈 날도 머지않았으리라 확신했다.

형광등이 번쩍번쩍 눈부신 거실에서 오빠가 남긴 물건을 하나하나 보면서, 오빠도 분명 원통했을 거라는 생각이 들었다.

이리 보나 저리 보나 몹쓸 인간이긴 했지만 이렇게 갑자기 죽을 정도로 나쁜 짓이라도 한 걸까? 아직 쉰네 살이잖아? 이렇게 끝나는 인생이라니, 좀 심한 거 아냐? 갑자기 쓰러져 돌연사하는 바람에 이 사람 저 사람에게 집을 침입당하고, 가장 비밀을 들키기 싫었던 신랄한 여동생에게 이처럼 더러운 집을 보이다니.

발치에서 뒹굴던 인슐린 자가 주사용 주입기의 빈 상자를 주워 쓰레기봉투에 던져 넣었다. 그 빈 상자 아래에서 갈색 봉투에 든 종이 다발이 나왔다. 오빠가 공공직업 안정소에서 받아온 구인 광고지 다발이었다.

그 종이 다발 제일 뒤에 오빠의 이력서가 겹쳐져 있었

다. 풀로 붙인 증명사진을 봤더니 내 기억 속 오빠보다 훨씬 야윈, 만년의 아버지를 쏙 빼닮은 얼굴이었다.

안경을 쓰고 있어서 조금 웃었다.

그러고 보니 시오가마 경찰서의 야마시타 씨가 오빠는 당뇨병이 진행되어 녹내장이 왔던 것 같다고 알려줬다.

별 생각 없이 오빠의 이력서를 읽었다. 컴퓨터로 제대로 작성한 것이었다.

1992년 위생설비업체 경영

2012년 위생설비업체 폐업(연쇄 도산으로 인함)

2012년 ○○철강 입사(다가조시)

2013년 퇴사(개인 사정으로 인함)

예전에 회사를 경영했던 오빠에게는 기세등등한 시기가 있었다. 자동차와 오토바이가 몇 대나 되었고 큰 집을 지은 것도 그 무렵이다.

하지만 2012년에 그 회사를 폐업하고 이혼한 뒤 다가조로 이사 가기로 결정한 즈음부터 오빠의 추락이 시작되었다. 오빠는 그로부터 7년에 걸쳐 맹렬한 속도로 건강을 망치고 곤궁해져 죽음을 향해 돌진했다. 내리막길에서 굴러떨어지듯, 낭떠러지로 단숨에 달려가듯.

이력서 뒷면의 자격증과 면허증 칸을 보고 오빠가 여태까지 많은 자격증을 따왔다는 사실을 처음 알게 되었다. 이만큼 자격증을 가지고 있어도 쉰네 살 아저씨라면 취직을 못 하는 현실이 야박해서 한숨이 나왔다.

자격증·면허증 칸 아래에 있는 지원 동기를 별 생각 없이 읽기 시작했다가 빨려 들어갔다. 오빠의 글을 읽는 것도 처음이었다.

머릿속에서 오빠가 죽기 살기로 키보드 앞에 앉아 있는 모습이 재생되었다. 등을 굽힌 채, 침침한 눈을 모니터에 갖다 대고 천천히 손가락을 움직이는 모습이.

〈지원 동기〉

당뇨병 합병증으로 인해 한때 일을 하지 못했습니다. 현재는 치료도 안정되었고, 초등학생 아들을 위해서라도 얼른 생활을

재건하기로 결심하여 공공직업 안정소에서 구직 활동을 하고 있습니다. 나이도 있기 때문에 젊은 분들과 현장 작업을 할 때는 기대에 부응하지 못하는 경우가 많을 수도 있습니다. 재기를 목표로, 신입 사원이라는 각오로 마음을 다잡고 노력하겠습니다. 검토 잘 부탁드립니다.

아들이 아직 초등학생이라서 학교 행사나 병원에 갈 일 등이 생기면 휴가를 내야 할 수도 있습니다. 최대한 폐를 끼치지 않도록 사전에 연락을 드려 조정하겠지만, 아이 때문에 긴급한 상황이 발생할 때는 모쪼록 양해해 주십사 부탁드립니다.

손에 들고 있던 그 이력서를 허겁지겁 접어서 백팩에 쑤셔 넣었다. 말로는 설명할 수 없는 감정이 너울이 되어 넘쳐흐를 것 같았기 때문이다.

이력서에 쓰여 있던 글자를 머릿속에서 싹 지우고, 곧바로 소파에서 일어나 오빠의 침실 입구로 가서 섰다.

이제 도망칠 수 없다. 이곳을 정리하지 않으면 아무 소용이 없다. 이곳을 정리해 버리지 않으면 오빠는 여기서 떠나지 않는다.

하지만 다다미에 깔린 러그의 얼룩을 보며 망설였다. 무엇보다 강렬한 냄새에 압도되었다.

한동안 꼼짝 않고 서 있는 나를, 분명 료이치의 방에 있었던 상복 차림의 가나코가 밀어젖히듯 하고는 거침없이 방으로 들어갔다. 가나코는 더러운 러그를 다다미에서 힘껏 떼어내기 시작했다.

"앗!"

엉겁결에 내가 소리를 지르자, 가나코는 "봐요, 그쪽! 얼른!" 하며 재촉했다.

'아직 마음의 준비가 안 됐다니까!'라고 생각하면서도 가나코의 박력에 졌다.

나도 해야만 한다고 결심하고서 러그를 붙들고 다다미에서 떼어냈다. 그것을 가나코와 찰떡 호흡으로 단숨에 두 번 접어, 마리나가 펼쳐준 쓰레기봉투에 처넣고 입구를 단단히 묶었다. 그리고 그 쓰레기봉투를 "이야압!" 하는 기합과 함께 부엌으로 던졌다.

다음으로 가나코는 검은 얼룩이 있는 이불을 엄청난 속도로 접었고, 근처에 있던 더러운 침구까지 모두 접어 침대 위에 차례차례 쌓아 올렸다.

　"아, 그건 내가….”

　이렇게 말하면서도 뒷걸음질 치는 의지박약한 나는 안중에 없는 양, 가나코는 온몸으로 강한 기운을 내뿜으며 (무슨 기운인지는 모르겠지만) 내가 해야 할 가장 더러운 작업을 엄청난 속도로 해치웠다.

　이것이 신호였다.

　내 안에서 어떤 스위치가 켜졌다.

　그다음부터는 닥치는 대로 오빠의 유품을 쓰레기봉투에 채워 넣는 작업이 계속됐다. 한 시간 정도 작업을 이어가다가, 쓰레기봉투가 산더미처럼 늘어나 부엌에 다 두지 못하게 되었을 때 쉬는 시간을 가졌다.

　거실 바닥에 앉아 페트병에 든 녹차를 마시던 가나코가 말했다.

"아, 상복 벗고 싶다."

어느 틈에 가나코는 앙상블로 된 상복의 재킷을 벗고 원피스 차림으로 소매를 걷어붙이고 있었다.

Day 2

잘하는 게 많았던 사람

미야기현 다가조시

생각지 못한 사건

내가 묵은 JR 혼시오가마역 앞 호텔의 조식은 의외로 호화로웠다. 다가조시의 비즈니스호텔을 선택하지 않고 차로 10분, 전철역으로는 세 정거장 정도 떨어진 옆 도시 시오가마 시내의 호텔을 고른 이유는 되도록 오빠의 집으로부터 먼 곳에서 묵고 싶었기 때문이다.

뷔페 형식이 아니라 큰 식판에 반찬 세 종류와 밥, 된장국, 연어구이, 절임, 낫토가 담겨 있는 이른바 '료칸 스타일'이다. 그것을 나이 지긋하고 온화해 보이는 여인이 숙박객 하나하나에게 웃는 얼굴로 날라준다.

된장국은 국물의 감칠맛이 살아 있어서 전날 아수라장을 경험한 내게는 뼛속까지 스미듯 맛있었다. 방도 리뉴얼을 해놓아 깨끗하고 숙박비도 적당하다. 이 호텔, 최고다.

점심때와 저녁때는 중식당이 되어 숙박객을 맞이한다는 그 조식 레스토랑에는 출장 온 회사원 일행이 양복 차림으로 앉아 있었다. 아마 도쿄에서 왔겠지.

여자 손님은 나 혼자였다. '설마 오빠의 시신을 회수하러 왔다고는 상상도 못 하겠지' 생각하며 된장국을 후루룩거리고 있었다.

"앗, 시오가마래!"

갑자기 중년 회사원이 말했다.

그는 오른손에 젓가락, 왼손에 휴대폰을 쥔 채 "미야기현 경찰이 체포했대. 시오가마 경찰서야!"라고 말을 이었다.

"그것도 이 호텔이야! 봐, 로비가 찍혀 있어!"

이렇게 조금 큰 목소리로 말하며 들고 있던 휴대폰 화면을 같은 자리의 남자 동료 세 사람에게 보여줬다. 그러더니 넷이서 일제히 와하하 소리 내어 웃었다.

유명 연예인이 각성제 소지 혐의로 네 번째 체포되었다고 한다. 나는 그 유명 연예인이 묵었다가 각성제를 두고 왔다는 바로 그 호텔에서 숙박하고 있었다.

'확실히 이곳에는 묵고 싶어지는 분위기가 있지' 싶었다. 그러고 보니 어제 시오가마 경찰서에서 야마시타 씨가 바빠 보였던 것이 떠올랐다.

우리가 경찰서에서 나오려고 하던 그때, 부드러운 표정의 키 큰 남자가 달려와서 "전화드렸던 야마시타입니다. 오늘 정신이 없어서 죄송해요. 이번 일로 정말 힘드셨죠. 먼 곳까지 오시느라 고생 많으셨습니다" 하고 인사했다.

그나저나 좋은 사람이었지~ 야마시타 씨.

창가 쪽 탁자에 앉은 나는 이른 아침의 시오가마 거리를 멍하니 바라보면서, 이곳은 사람도 풍경도 온화하다며 감동하고 있었다.

둘째 날 우리가 계획한 일은 행정적인 작업을 끝마치는 것, 대량의 쓰레기를 처리 시설로 가져가는 것, 아동상담소에서 료이치와 면담하는 것, 그리고 료이치가 기르던 거북과 물고기를 료이치가 다니는 초등학교에 맡기는 것이었다.

쓰레기라면 나는 처음부터 특수 청소 및 유품 정리 서비

스업체에 통째로 작업을 맡기면 된다고 생각했다. 그런데 가나코가 "헛돈 쓸 일은 조금이라도 줄이는 편이 좋아요. 우리끼리 해치웁시다" 하고 나를 설득했다.

그래도 전부 우리 힘으로 처리할 수 있는 건 아니다. 냉장고나 세탁기, 침대 같은 대형 가구는 어쩔 수 없다.

하지만 확실히 가나코의 말대로 오빠가 거창하게 더럽힌 러그를 벗겨내자 다다미의 상태는 나쁘지 않아서, "특수 청소가 필요한가?"라고 물으면 아니라고 대답할 정도까지 정리할 수 있었다. 가나코의 활약으로 특수 청소비는 굳은 것이다.

이제 와서 나의 무른 의지에 부끄러움을 느끼며, 가나코에게 깊이 감사한다.

그런 사람은 널렸죠

호화로운 조식을 다 먹은 뒤 나는 가나코와 조카 마리나가 묵고 있는 다가조시의 비즈니스호텔로 향했다.

다가조역에 도착해 밖으로 나오자, 2016년에 지어서 새 건물 티가 나는 다가조 시립도서관이 있었다. 굳이 분류하자면 수수한 편인 다가조 거리지만 츠타야 서점과 패밀리마트, 스타벅스, 레스토랑이 입점해 있는 이 도서관 덕분에 역 앞은 화사한 분위기였다.

거리의 풍경을 바라보며 호텔까지 걸어갔다. 약속 시각은 8시 45분이었고 딱 9시에 맞춰 호텔 근처에 있는 시청으로 돌격할 계획이었다.

로비에서 만난 가나코의 얼굴은 꽤 지쳐 보였다. 전날의 활약을 생각하면 당연하다. 이날은 청바지에 다운재킷을 걸친 경쾌한 복장이었고 신발은 스니커즈였다.

마리나는 내가 좀 편해졌는지 웃는 얼굴로 말을 걸었다. 하얀 스웨터에 체크무늬 바지를 입은 모습이 왠지 무척 귀엽다.

우리 셋은 호텔 주차장에 세워둔 오빠의 차에 얼른 올라타 시청으로 향했다.

가나코는 이날 료이치에게 필요한 수속을 전부 마치겠다며 결의를 다지고 있었다. 주로 오빠에게 지급되던 아동수당과 아동부양수당 관련 수속인데, 가나코가 그걸 하나하나 처리해 가는 과정에서 오빠가 생활보호* 대상자였다는 사실을 알게 되었다.

나는 다가조 시청 안을 바람 가르듯 연신 오가는 가나코의 뒤를 별 생각 없이 따라다니다가, 가나코를 응대하던 남자 직원이 작은 목소리로 "생활보호 건 말인데요…"라고 했을 때 정신이 번쩍 들었다. 생활보호? 오빠가 생활보호 대상자였단 말인가? 충격으로 머릿속이 새하얘졌다.

무심결에 내가 "뭐?" 하고 외치자 마스크를 쓴 여자 직원이 흘끗 쳐다봤다.

가나코와 나는 대부분의 수속을 엄청난 속도로 단숨에 마치고 말없이 차로 돌아갔다.

오빠가 생활보호 급여를 받고 있었다는 사실에 나는 큰 충격을 받았다. 분명 오빠가 다가조시로 이사하고 몇 년 뒤, 다가조 시청에서 부양조회*가 들어왔던 기억은 난다. 단, 정말로 생활보호 급여를 받고 있었는지 여부에 대해서는 확신이 없다. 이직을 되풀이하면서도 오빠는 일을 했기 때문이다.

가나코도 별다른 말 없이 시동을 켜고 차를 출발시켰다.

"생활보호 급여를 받고 있었다니…. 몰랐어."

내가 말하자, 가나코는 한 박자 뜸을 들이며 눈을 몇 번 깜빡인 다음 "그랬던 것 같네요"라고 대답했다.

---

* 경제적으로 자립할 수 없는 사람의 최소 생계를 보장하기 위한 일본의 공적부조 제도.
** 저자 주_생활보호 신청을 받으면 신청자를 원조해 줄 수 없는지 확인하기 위해 친족에게 보내는 서류.

"좀 놀랐어. 그렇게까지 힘들었을 줄이야."

"…그 사람, 잘하는 건 많았어요. 정말로 많았는데 왜 안 했을까. 근데 그런 사람은 널렸죠. 전 직업상 자주 보거든요. 일하고 싶어도 일을 못 해요. 나이가 많다며 어디서도 써주지 않죠. 이력서에 당뇨병이라고 적으면 더더욱요."

가나코는 단숨에 말하더니 힘껏 핸들을 꺾었다.

확실히 오빠는 잘하는 게 많은 사람이었다.

손재주가 유난히 뛰어났고, 끈기가 필요한 작업을 몇 시간이든 집중해서 해낼 수 있는 사람이었다. 초등학생 때부터 부품이 몇백 개나 되는 정밀한 프라모델을 멋지게 조립하고 완벽하게 색칠해 주위 어른들을 놀라게 했다. 그림 솜씨도 좋았고 서예도, 주산도, 운동도, 뭐든 잘했다. 그러나 고학년이 되자 수업 시간에 의자에 앉아 있지 못했다. 어린 시절부터 보이던 과잉행동이 심해졌다. 어머니가 고민하던 모습이 어렴풋이나마 기억난다.

중학교에 들어간 뒤로는 크게 엇나갔다. 다른 사람의 기분을 헤아리지 못해 인간관계에서 문제만 일으켰다. 선생님께 미움 받았다. 고등학교에 올라가서는 일주일 만에 멋대로 자퇴하고 집으로 돌아와 부모님을 낙담하게 만들었다.

부모님은 그런 오빠를 필사적으로 설득해 그 지방의 야간 고등학교에 재입학시켰다. 오빠는 선생님과 반 친구들을 잘 만나서 조금씩 안정을 되찾아 가는 것처럼 보였다. 낮에는 아버지의 소개로 취직한 직장에서 일하고 밤에는 고등학교를 다녔다. 아버지와 어머니는 그런 오빠의 모습을 보며, 이로써 드디어 저 애가 제대로 된 길로 간다며 진심으로 기뻐했다. 어머니는 눈물을 멈췄고 아버지는 고함을 멈췄다. 하지만 그런 생활은 오래가지 않았다. 결국 오빠는 야간 고등학교도 1년 만에 중퇴했다. 어느 날 아버지와 오빠가 서로 치고받으며 크게 싸웠고, 오빠는 그대로 집을 뛰쳐나갔다. 그 뒤로 몇 년 동안이나 나는 오빠를 보지 못했다. 오빠가 없어진 집은 아주 조용해졌다.

"확실히 이것저것 잘하는 게 많았지. 유도도 열심히 했고."

"어머, 유도도 했어요?"

"응. 몸집이 크니까, 중학교에 들어가자마자 유도부의 고문 선생님이 권했어. 대회도 나갔고."

　"와, 몰랐어요."

　뒷좌석에 앉아 있던 마리나도 작은 목소리로 "우와" 하고 중얼거렸다.

　우리는 다시 오빠의 집으로 돌아갔다.

　이날 다가조는 맑게 개어서, 탁 트인 푸른 하늘이 아름다웠다. 그늘은 역시 쌀쌀했으나 볕이 드는 곳에서는 땀이 좀 배어날 정도였다.

　전날 밤과 마찬가지로, 얄팍한 현관문 손잡이에 열쇠를 꽂고 천천히 열었다. 어제 화장실과 욕실 창문을 살짝 열어뒀지만 강렬한 악취는 여전히 남아 있었다.

　여하튼 해야만 끝난다며, 전날 청소에서 나온 산더미 같은 쓰레기봉투를 넘어 거실로 가서 창문을 활짝 열고 바람을 통하게 한 뒤 자잘한 쓰레기를 정리하기 시작했다. 창문 근처에 앉아 우편물 등의 내용을 확인하던 중 집 앞 도로에 하얀 경차가 와서 섰다. 집주인 다나베 씨였다.

"아침부터 고생이네요!"

다나베 씨가 어제와는 영 딴판인 사근사근하게 웃는 얼굴로 우리에게 말을 걸었다. 이 변화의 이유가 무엇인지 대충 감이 왔다. 내가 의외로 평범한 사람이라서 안심한 것이다.

오빠를 아는 사람은 대체로 이렇다. 목소리가 크고 위압적인 오빠와는 전혀 다른 타입인, 언뜻 착실해 보이는 여동생에게 일단 마음을 놓은 거겠지(내면이야 어쨌거나). 과거에도 이런 패턴을 몇 번 경험했다.

"안녕하세요. 이번에 오빠가 큰 폐를 끼쳤습니다."

이렇게 말하며 머리를 숙이는 내게, 다나베 씨는 오른손을 세차게 흔들며 "아니, 어쩔 수 없잖소. 병이었으니까! 죽어버린걸, 어쩔 수 없지, 어쩔 수 없어!"라고 대답했다.

나는 뭐라고 말하면 좋을지 몰라 애매하게 웃었다.

다나베 씨는 부지 내 오빠의 유품으로 보이는 타이어와 자전거를 가리키며 말했다.

"이것도 빼먹지 말고 치워주쇼. 11월 말에는 다른 세입자가 들어올 테니까. 서두를 필요는 없고 마지막 날에만 전부 깨끗하게 치워주면 돼. 아, 그리고 청소는 됐소! 보증금 받아놨으니까! 짐을 말끔하게 싹 빼주면 그걸로 충분해!"

나는 마음이 약간 놓였다. 그 악몽 같은 부엌을 청소하지 않아도 된다니 다행이잖아. 집주인은 여자 셋이서 부지런히 작업하는 모습을 보고 진심으로 안심한 듯 금세 기분이 좋아져 있었다.

"당신들, 어디서 묵어요? 설마 호텔?"
"네, 어제부터 호텔에서 묵었어요. 오늘까지 자고 내일 돌아갈 예정이에요."
"그럼 큰일이겠구먼! 장례식도 있으니 돈이 많이 들겠지! 이 집에서 자도 돼. 여기 묵으면 되잖소? 다 같이 여기서 자요! 전기도 안 끊겼으니까!"

나는 고개를 획획 내저으며 약간 힘줘 대답했다.
"아뇨, 괜찮아요!"
오빠가 죽은 집에서 묵다니 절대 불가능하다. 아무리 생각해도 상식 밖의 일이다.

집주인이 기분 좋게 돌아간 뒤 가나코에게 얼른 일렀다.

"방금 집주인이 여기서 자도 된다고 하더라. 아무리 생각해도 불가능하잖아!"

쿡쿡 웃으며 내가 말하자, 뒤에서 마리나도 아하하 웃었다.

하지만 가나코는 표정을 바꾸지 않고 담담하게 말했다.

"난 잘 수 있는데. 난 이 집에서 자도 돼요."

나는 그 말에 어떻게 대답하면 좋을지 몰라서, 왠지 몹시 부끄러워 고개를 숙인 채 아무 대꾸도 할 수 없었다. 그대로 말없이 오빠의 잡동사니를 부지런히 쓰레기봉투에 집어넣었다.

오빠는 여름쯤부터 경비원으로 일했던 것 같다. 부엌과 거실을 구분하는 미닫이문의 문틀에 매달린 옷걸이에는 파란색과 검은색이 특징적인 유니폼이 걸려 있었다.

오빠가 그 커다란 몸으로, 헬멧을 쓰고 신기루처럼 아른아른 열기를 내뿜는 아스팔트 위에 서서 유도봉을 흔드는 모습을 상상했다. 이마에 흐르는 땀을 닦으려고도 하지 않고, 배기가스가 가득한 뜨거운 도로에 서서 두방망이질 치는 심장 고동 소리를 듣고 있었을까.

　오빠의 옷가지를 바라보며 추억에 잠길 여유 따위 없는데도, 집어 들 때마다 오빠가 떠올라 그 생각을 끊어내듯 쓰레기봉투에 처박아 넣었다. 처박아 넣기만 하면 되는 간단한 작업이었으나 오빠가 입었던 유니폼만은 옷걸이에서 빼 들고 한동안 바라봤다.

동네에 퍼진 소문

부지런히 작업을 이어가다 정신을 차리고 보니 오후 3시가 지나 있었다.

페트병에 든 녹차를 마시며 쉬던 중, 냄새를 빼내기 위해 활짝 열어둔 현관문으로 웬 노인이 흘끗흘끗 안쪽을 엿보는 모습이 보였다. 연지색 스웨터를 입은 할아버지가 그 옆에 선 올리브색 재킷을 걸친 할머니에게 "왔어?", "죽었어?"라고 묻는다는 걸 입 모양으로 알 수 있었다. 호기심을 억누르지 못하는 모습이다.

나는 곧바로 현관에 나가 되도록 밝은 분위기로, 그러나 정중하게 인사를 건넸다.

"이번에 오빠가 폐를 끼쳤습니다. 정리하러 온 동생이에요.”

“어, 동생이구나! 와, 친남매로 안 보이네!”

“…그렇죠~!”

긴장이 풀린 듯한 할아버지가 자신의 목을 양손으로 조르는 흉내를 내며 혀를 길게 빼더니 “이거야?”라고 내게 물었다. 그 옆의 할머니는 물끄러미 나의 반응을 살피고 있었다.

“아뇨, 목을 맨 게 아니라 병사예요, 병사. 뇌출혈이에요. 구급차랑 경찰도 금방 왔으니까 쭉 방치되어 있었던 건…” 하고 허둥지둥 설명했다.

그러자 할아버지는 그 옆의 할머니를 향해 “목을 맨 게 아니래!”라고 말했다. 할머니는 “어머나” 놀라더니 “아니었구나” 하며 조금 겸연쩍은 듯 중얼거렸다.

잘못된 소문이 퍼져서 다음 세입자를 찾지 못하면 집주인에게 면목이 없다. 나는 흥미진진해하는 두 노인에게 필사적으로 이것저것 설명했다.

이런 조용한 주택가에 경찰차와 구급차가 와서, 움직임

을 멈춘 오빠 같은 인물이 들것에 실려 나갔다면 동네에서
화제를 독차지했을 것이 틀림없다.

이웃이라는 할머니로부터 오빠에 대한 다년간의 원망
(주로 소음 관련)을 전부 듣고, 몇 번이나 고개를 숙이다가 적
당히 이야기를 마무리하고 안으로 다시 들어가자 가나코
가 나에게 말했다.

"슬슬 갈까요? 시간도 늦었는데."

문득 정신을 차리고 보니 해가 저물고 있었다.

나는 "갈까" 하고 대답했다.

쓰레기 처리 시설의 나락

나와 가나코, 마리나 셋이서 오빠의 유품으로 가득 찬 쓰레기봉투를 양동이 릴레이 하듯 자동차의 짐칸에 실었다. 오빠의 차는 대형이었지만 봉투 열 개만 실어도 꽉 찬다. 마리나더러 집을 지키게 하고 우리는 발걸음을 서둘렀다.

시 외곽의 쓰레기 처리 시설에는 차원이 다른 세계가 펼쳐져 있었다.

일단 건물 입구부터 진입하는 데 무리가 있었다. 경사가 상당히 급한 비탈길이었던 것이다. 게다가 덤프트럭들이 줄줄이 늘어서 있다. 풋내기를 거부하는 기운을 마구 내뿜는 시설이었다.

나는 그곳에 가자마자 불안해졌다. 덤프트럭과 덤프트럭 사이에 여자 둘과 오빠의 유품으로 가득한 일반 승용차가 끼여 있는 것이다.

"여기 맞아?" 하며 불안을 감추지 못하는 내게, 가나코
는 휴대폰을 꺼내 구글맵으로 위치를 확인하더니 "틀림없
어요"라고 침착하게 말했다. 가나코는 나보다 몇 배나 배
짱이 두둑하다.

"근데 타이어가 미끌미끌해요."
"뭣, 미끌미끌해?!"
"위험하게 닳아 있어요."

나는 놀라서 입이 딱 벌어졌다. 가나코는 똑바로 앞을
보더니 진지한 얼굴로 되돌아와 천천히 눈을 깜빡거렸다.
비탈길 한가운데에 세워둔 우리 차 앞의 덤프트럭이 굉음
과 함께 앞쪽으로 움직이기 시작했다.
가나코는 "간닷!" 하는 구령과 함께 액셀을 밟으며 사이
드브레이크를 내렸다. 오빠의 차는 뒤쪽으로 끌려가듯 한
순간 덜컹하고 균형을 잃었지만 어떻게든 비탈길 끝까지

올라갔다. 몸을 앞으로 내밀고 있던 나는 식은땀을 흘렸다.

비탈길을 다 올라가 사무소 앞에 이르러 사전에 받아둔 반입 허가증과 일반폐기물 처분권을 건넸다. 접수처 남자가 언짢은 기색으로, 건너편이라는 듯 크고 단순한 건물의 어두컴컴한 안쪽을 나른하게 가리켰다.

덤프트럭의 뒤를 따라 안쪽으로 들어간 다음 동굴처럼 뻐끔 뚫린 거대한 구멍을 향해 차를 후진으로 주차했다.

콘크리트 바닥에서 고작 15센티 정도 솟아올라 있는 주차 방지 턱 너머는 마치 나락처럼 보였다. 거대한 공간에서 괴물 같은 크레인이 팔을 뻗어 대량의 쓰레기를 쌓고 있었다. 내려다보면 빨려 들어갈 것 같았다.

"으악, 여기 못 있겠어. 난 진짜 무리야."

고소공포증이 있는 내가 말하자, 가나코는 "괜찮아요, 떨어지면 아저씨들이 구해줄 테니까"라고 했다.

구해준다 해도 아마 죽은 뒤겠지…?

우리는 그 거대한 구멍을 향해 오빠의 유품으로 꽉 찬 쓰레기봉투를 차례차례 던져 넣기 시작했다.

"이야압!"
"가라아!"
"성불해라아!"

일일이 외치는 나를 보고 가나코가 웃기 시작했고, 나도 따라서 웃어버렸다. 쓰레기봉투를 던지는 가나코의 모습이 너무 멋있어서 사진을 몇 장 찍었다. 정말이지 때와 장소를 가리지 못하는 두 여자였음이 틀림없지만 이상하게 행복한 기분이 들었다. 이런 우리의 모습을 오빠가 보면 무슨 생각을 할까.

나는 쓰레기봉투를 내던져 버리며, 오빠에 대한 분노도 조금씩 버려갔다. 지금까지 있었던 오빠와의 불화도 쓰레기와 함께 캄캄한 구멍으로 쑥 떨어지는 듯했다. 반면 양육비도 주지 않고 아들에게 더없이 괴로운 경험을 하게 만든 오빠에 대한 마음을, 가나코가 이런 것으로 비울 수 있다고는 생각지 않는다.

차로 돌아와 조수석에 앉자, 운전석의 가나코에게 저절로 다음과 같은 말이 튀어나왔다.

"이런 일을 돕게 만들어서 미안해."

나의 말을 들은 가나코는 "아뇨, 이건 저와 아들의 일이기도 하니까요"라고 딱 잘라 말했다.

우리는 서둘러 마리나가 기다리는 오빠의 집으로 돌아갔다.

료이치의 초등학교

산더미 같은 쓰레기를 다 반입시킨 우리는 료이치가 다니는 초등학교에 찾아갔다. 오빠가 죽은 다음 날부터 연락을 계속 주고받았던 교감선생님과 담임선생님께 인사를 하기 위해서였다.

담임선생님은 오빠가 집에서 실려 나간 뒤 아동상담소의 담당자가 도착할 때까지 료이치의 곁을 지켜주셨을 뿐만 아니라, 료이치에게 당장 필요한 물건도 모아서 들고나와 주셨다. 전화로 오빠의 집 상태를 확인하는 나에게 "생활하시던 상태 그대로 전부 남아 있습니다" 하고 약간 긴장한 목소리로 알려준 분도 담임선생님이었다.

아직 수업 중이어서 담임선생님은 못 만났지만, 교감선생님과는 잠시 서서 이야기를 나누며 감사 인사를 전하고 현재 상황을 알려드릴 수 있었다.

널찍한 부지에 풍요로운 자연환경으로 둘러싸인 초등 학교는 따뜻한 분위기를 풍겼다. 수업이 끝나면 담임선생 님을 만나 뵙고 싶다는 뜻을 전하고 허락을 구한 뒤, 우리 는 일단 초등학교에서 나왔다. 그다음은 료이치를 만나러 아동상담소에 갈 예정이었다.

엄마와 아들

마리나와 함께 아동상담소 대합실에 앉아, 담당자인 가와무라 씨와 가나코의 사전 협의가 끝나기를 기다리는 동안 오빠에 대해 계속 생각했다.

사실 오빠는 결혼을 두 번 했고 첫 아내와의 사이에 자식이 둘 있었다. 둘 다 이미 성인이 되었다.

다가조에 오기 전에 연락처를 알아내어 첫 올케에게도 오빠의 죽음을 전했다. 첫 올케는 무척 놀라며 "얼마 전에 얘기를 나눴는데!" 하고 알려줬다.

"뭔가 외로운 것 같았어. 사람이 그리운 것 같더라고. 분명 두 달쯤 전에 얘기했을 때는 눈이 침침해서 검사를 위해 입원한다고 했어. 늘 통화가 길어지니까 '그럼 이만'이라고 말했더니 눈치를 챘는지 '잘 자'라고 했는데. 있잖아 리코, 그 사람 왜 죽었어?"

  나는 전혀 몰랐지만 오빠는 여러 사람들에게 자주 전화를 걸었던 모양이다. 이건 가나코에게도 마찬가지여서 서로 연락을 주고받으며 료이치의 상태를 공유했다고 한다. 문자 메시지 또한 자주 보내서 나한테도 몇 통이나 와 있었다. 오빠는 SNS 계정도 여러 개였다. 집에는 낡았긴 해도 노트북이 두 대 있었고 사용했던 흔적도 보였다. 가나코의 말에 따르면 '야후오쿠!'●를 무척 좋아했다고 한다.

  마스크를 낀 마리나가 의자에 앉아 꾸벅꾸벅 조는 모습을 보며, 왠지 모르는 것투성이라는 생각이 들었다. 나는 오빠를 잘 안다고 생각했지만 실은 거의 몰랐다. 반면에 오빠는 나를 잘 알았던 모양이다. 내가 신문에 쓴 칼럼이나 잡지에 실린 내 신간 정보 같은 걸 오려서 서랍에 모아두고 있었다. 나는 그것들을 허겁지겁 쓰레기봉투에 넣었

● '야후! 재팬'에서 운영하는 경매 사이트.

지만, 오빠는 어떤 마음으로 오리고 모았을까.

"너, 맨날 음식 얘기를 쓰더라"라는 말을 들었던 게 생각 나서 '시끄러!' 하며 속으로 발끈했다. 상대는 이미 이 세상 사람이 아닌데도.

한 시간쯤 기다리자 가와무라 씨와 가나코가 대합실로 돌아왔다. 가와무라 씨는 "그럼 료이치를 데려올게요" 하 더니 방에서 나갔다. 드디어 본경기다.

"이제까지 어떻게 생활했는지 등을 전부 자세히 듣고 왔 어요. 역시 곧장 데리고 돌아가기는 어려운 모양이에요."

가나코는 거의 한 시간이나 기다리게 만든 것이 신경 쓰 였는지 나에게 설명해 줬다.

가와무라 씨의 안내로, 가나코와 마리나와 나는 면담실 로 들어갔다. 잠시 기다리자 료이치와 또 한 명의 담당자 가 들어왔다. 다정해 보이는 여자였다. 료이치는 가나코와 마리나를 보고 기쁜 듯 표정이 조금 풀렸다. 모두 자리에 앉아 인사를 나눴다. 가와무라 씨가 입을 뗐다.

"오늘은 료이치의 고모님도 시가현에서 와주셨습니다. 아버님이 돌아가신 직후에도 저에게 전화를 주셨죠. 또 어머님이랑 누나도 와줬고요. 다들 료이치가 너무 걱정돼서 이처럼 먼 곳에서 와주셨네요. 료이치, 널 무척 소중히 여기는 사람이 이렇게 많아. 그러니 걱정 안 해도 된단다."

그렇게 말한 뒤 가와무라 씨는 가나코에게 "어머님, 자아" 하고 재촉했다. 가나코는 료이치를 향해 차분하게 말하기 시작했다.

"오늘은 료이치한테 말하고 싶은 게 있어. 유감스럽게도 아빠는 돌아가셨어. 앞으로 엄마는 료이치랑 함께 살고 싶어. 료이치는 어때?"
료이치는 고개를 살짝 끄덕였다.

"같이 살 수 있겠니?"
료이치는 다시 한번 고개를 끄덕였다.

"앞으로 시간은 좀 걸리겠지만, 엄마랑 원래 집으로 돌아갈래?"

료이치는 웃는 얼굴로 고개를 끄덕였다.

"다 같이 디즈니랜드 가자."

가나코의 목소리가 떨렸다. 료이치는 표정이 확 밝아져서 "디즈니랜드?!" 하고 기쁜 듯이 소리를 질렀다.

우리는 3주 뒤에 다시 다가조로 돌아올 것을 굳게 약속하고 료이치와 헤어졌다.

료이치가 학교 친구들과 제대로 작별 인사를 나눌 수 있도록, 그동안은 위탁 가정에서 학교를 다니게 되었다고 가와무라 씨가 알려줬다.

거북과 물고기

료이치의 행복한 모습을 보면 볼수록 그걸 눈에 담을 수 없는 오빠의 원통함이, 갑자기 끊어진 생명과 그 운명의 잔혹함이 떠올라 마음이 아프고 복잡했다. 이제까지 한 번도 오빠가 이해된 적이 없었고 오히려 철저하게 피해가며 살아왔다. 그런데도 오빠가 필사적으로 살았던 흔적이 곳곳에서 나타나 내 마음을 괴롭힌다. 이렇게 될 거였다면, 오빠한테 다정하게 말을 걸었다면 좋았을 텐데.

분명 잘된 일인데도 오빠의 고독한 죽음이 한층 더 강조된다. 오빠의 인생 청산이 싱겁게 끝나간다. 오빠는 무대 뒤로 사라졌다. 그저 혼자서.

아동상담소에서 오빠의 집으로 돌아갈 무렵에는 해가 지고 있었다.

"그나저나 왜 다가조였을까. 이처럼 아무런 연고도 없는 곳에 말이야…. 갑자기 도호쿠 지방으로 이사를 오다니, 너무 이상하잖아? 어째서 여기였을까. 왜 다가조였는지 궁금해 죽겠어. 친구도 없었을 텐데."

"…닮았던 게 아닐까요, 본가 근처랑. 그 연립주택 주변, 분위기가 굉장히 비슷해요. 집 앞을 흐르는 강도 완전히 똑같고요. 몰랐어요?"

"전혀."

"연립주택 근처뿐만 아니라 이 도시 전체가 뭔가 닮았어요, 그 사람이 자란 고장이랑요."

나는 차창에 비치는 다가조 거리를 바라봤다.

스나오시강에 인접한 아파트 단지의 외벽을 석양이 붉게 물들이고 있었다. 본가 근처의 어항漁港을 새빨갛게 물들이는, 내가 무척 싫어했던 그 석양과 확실히 똑같았다.

오빠의 집에 도착하자 초등학생 하교 시간이었다.

우리가 오빠 차에 탄 채 연립주택 주차장에 있는 것을

보고 초등학생 몇 명이 주뼛거리며 모여들었다. 료이치와 같은 반 친구들임을 직감했다. 그 아이들도 우리가 료이치의 가족이라는 사실을 알아차렸음이 틀림없다. 가나코가 곧바로 말을 걸었다.

"있지, 너희들… 혹시 료이치랑 같은 반이니?"

한 아이가 "네!" 하고 큰 소리로 대답했다.

"료이치는 잘 지내요? 그리고 거북이는 건강해요? 료이치가 거북이를 엄청 소중하게 여겼거든요…."

"료이치도, 거북이랑 물고기도 모두 건강해. 이제부터 학교에 가서 맡아줄 수 있는지 물어볼 거야."

나는 서둘러 말했다.

"그럼 저희들도 함께 가서 선생님께 부탁드려 볼게요. 같이 갈게요!"

의기투합한 우리 셋과 초등학생 몇 명은 료이치가 다니는 학교까지 함께 걸어갔다.

초등학교에 도착하자 교무실에 있던 선생님들이 아이들이 돌아온 것을 알아차렸고, 료이치의 담임선생님과 교감선생님이 마중 나왔다. 우리는 료이치의 반 친구들에게 고맙다고 말하고 학교 건물 안으로 들어갔다.

그 순간, 가나코가 나를 의지하고 있다는 것을 깨달았다. 그전까지는 뭘 하든 나를 완전히 리드했던 가나코가 초등학교에 와서 이제 담임선생님과 이야기를 나누게 된 순간, 이 자리에 내가 있다는 사실을 든든하게 여긴다고 확신했다. 조금 기뻤다.

교감선생님과 담임선생님은 지금까지 오빠가 보호자로서 보인 모습과 세상을 떠난 당일 료이치의 모습 등을 알려줬다.

교감선생님과 담임선생님의 기색을 통해, 우리를 눈앞에 두고서는 굳이 언급하지 않지만 지금까지 료이치를 상당히 배려해 줬으리라는 분위기가 전해졌다. '여하튼 그 오빠니까' 하며 여동생 입장에서 몸이 움츠러드는 느낌이 들었다.

"료이치는 아주 영리한 아이예요."

담임선생님은 이렇게 말해 주며 덧붙였다.

"공부를 곧잘 했어요. 초연한 데가 있지만 솔직하고 착한 아이죠."

교감선생님은 다음과 같이 말했다.

"아버님께는 양육 문제로 상담 전화를 몇 번 받았어요. 휴대폰 게임만 하고 공부를 안 해서 곤란하다고 말씀하셨죠. 그나저나 이번 일은 급작스러워서 저희도 정말 놀랐습니다…."

우리 세 사람은 료이치가 전학 갈 때까지 거북과 물고기를 맡아준다는 약속을 교감선생님께 받은 뒤 다시 오빠의 집으로 돌아갔다. 거북 수조는 냄새나는 갈색 물로 가득 찬 상태였다. 물고기 수조는 황록색으로 탁해져 있었다. 어떻게 해서든 수조의 물을 어느 정도 버리고 거북과 물고기를 작은 용기에 담아 운반해야 한다.

가나코와 나는 비명을 지르며 수조에서 커다란 거북을 움켜쥐고 꺼내, 그 집에 있던 플라스틱 곤충 사육통에 넣었다. 물고기도 마찬가지로 옮겨 담았다.

수조는 그 안의 물을, 용의주도한 가나코가 새로 사 온 펌프로 어느 정도 빼낸 다음 차에 실었다.

우리와 거북과 물고기, 그리고 수조가 초등학교에 도착했을 때 이미 바깥은 캄캄했다. 손끝이 저려오는 추위였다. 초등학교도 교무실의 전등은 밝게 켜져 있었지만 그 외에는 새까맸고, 비상등이 곳곳에서 초록색으로 빛나고 있을 뿐이었다.

우리는 캄캄한 학교 건물로 들어갔다. 신발장 앞에서 기다리자 다시 담임선생님이 나왔다.

담임선생님이 빌려준 카트에 수조를 싣고 부지런히 교실로 옮긴 뒤 선생님들의 도움을 받아가며 설치를 끝냈다. 거북과 물고기는 임시 거처를 얻은 셈이다.

"아, 잘됐다. 이제 됐네요."

담임선생님은 안심한 표정으로 웃었다.

가나코와 나도 드디어 어깨의 짐을 내려놓았다. 그때까지 어떻게든 료이치가 소중히 여기는 반려동물의 목숨을 부지시키기 위해 필사적이었다. '이제 더 이상 료이치가 이별을 경험하지 않았으면' 하는 마음으로 움직였다.

　차로 돌아오니 갑자기 허기가 느껴졌다. 우리는 그날 하루 동안 너무 많은 일을 경험하며 신경이 곤두서 있던 터라, 거의 아무것도 먹지 못했던 것이다.

　초등학교에서 차를 끌고 서둘러 근처의 대형 마트로 갔다.

형광등과 업보

　낯선 동네의 마트에는 거기서 생활하는 사람들의 숨결 같은 것이 있다.

　여행지에서 마트 순회를 빼먹지 않는 나는 하루 중 가장 흥분해서 정력적으로 통로를 돌아다녔다. 반찬 하나만 해도 지역성이 짙은 것을 선택하고 보기 드문 반찬을 발견하면 소리 지르며 기뻐했지만, 이윽고 이곳은 오빠가 드나들던 마트가 아닐까라는 생각이 들기 시작했다. 오빠의 집과 별로 멀지 않으니 그렇게 여기는 게 자연스러웠다.

　통로 끝에 오빠가 있는 듯한 느낌이 들어 주변을 두리번두리번 둘러봤다.

　통로에 쌓아놓고 세일 중인 컵라면 건너편으로 흘끗 보

인 남자가 오빠의 망령 같아서 왠지 섬뜩했다. 오빠 차 뒷 좌석에 그대로 방치되어 있던 세 봉지들이 야키소바 팩과 똑같은 상품을 진열장에서 발견하고는 '아, 역시 여기구 나' 확신했다.

봉지를 살짝 만져본다. 물끄러미 바라본다.

저 멀리 떨어진 선반에는 값싼 추하이˚ 캔이 몇백 개나 늘어서 있다. 형광등이 창백하게 상품을 비추는 마트의 통 로에 잠시 서서, 오빠가 그 기름투성이 부엌에서 추하이 캔을 한 손에 들고 요리하는 모습을 상상했다.

"매일매일 밥하고 목욕시키고 같이 자고, 학교 갈 준비 를 시켜서 보낸 다음 일하러 가고…. 이러고 술을 안 마시 면 나도 좋은 아빠겠지만, 아무래도 마시게 돼."

몇 년 전 오빠가 휴대폰으로 보낸 메시지가 갑자기 떠올 랐다. 큰 병을 앓으면서도 여전히 손에서 술을 놓지 못했던

˚   소주에 탄산수와 과즙 등을 넣어 만든 알코올음료.

오빠가 가여웠다. 유일한 위안은 술을 마셔서 만사를 잊는 것이었을까. 그것이 서서히 몸을 좀먹어 간다 해도….

　이제 살아 있는 건 나뿐이다. 아버지는 30년 전에, 어머니는 5년 전에, 그리고 오빠마저 죽어버렸다.

　설마 나도 이 업보에 휘말리는 걸까.

　형광등에 비친 통로의 끝은 다른 세계로 이어져 있는 듯했다. 나는 작은 반찬 팩과 컵라면을 급히 움켜쥔 다음 계산대 줄에 서 있던 가나코와 마리나 뒤로 가서 섰다.

Day 3

남김없이 버려주세요

미야기현 센다이시

유품 정리

다가조에서 보내는 마지막 날. 우리는 아침부터 오빠의 집에 와 있었다. 특수 청소 및 유품 정리 서비스업체의 사토 씨와 만나기로 한 것이다.

오빠의 집을 보여주고 유품 정리를 상담받기로 했다. 나의 바람은 단순했는데 전부 깨끗하게 처분하는 것이었다.

여기에는 가나코도 찬성했다. 이미 료이치의 짐은 따로 빼뒀고 반려동물도 무사히 초등학교로 데려다 놨다. 이제 아무런 미련이 없다. 어떻게든 이곳이 깨끗해지면 오빠의 인생을 진정한 의미에서 끝낼 수 있을 거라고 나는 믿었다.

사흘째쯤 되니 놀랍게도 오빠의 쓰레기장 같은 집에 완전히 익숙해져서, 그토록 무서웠던 공간이 평범해 보이기 시작했다.

악취는 꽤 많이 빠졌으나 부엌의 더러움은 그대로였다. 음식물 쓰레기만은 한시라도 빨리 처리해야 했지만, 냉장고에는 까맣게 그을린 냄비에 든 된장국과 카레, 오빠가 만든 여러 종류의 장아찌가 밀폐 용기에 담긴 채 남아 있었다.

뭐야, 가정적인 남자였다고? 장아찌 담그는 쉰네 살이었어? …이봐, 설마 누카도코˚는 없겠지!

다급히 싱크대 아래쪽을 살펴보고 안도했다. 아무래도 '누카즈케'는 만들지 않았던 모양이다. 누카도코까지 있었다면 엎친 데 덮친 격이었을 것이다.

주뼛주뼛 냉장고 속을 들여다봤다. 양념에 절인 고기와 냉동 만두가 가득했고, 채소 칸에는 반쯤 썩은 양파와 호

˚ 쌀겨에 소금과 물을 넣고 섞어서 발효시킨 것으로, 여기에 가지나 오이 등의 채소를 넣어 '누카즈케'라는 쌀겨절임을 만든다. 매일 뒤섞으며 공기를 넣어줘야 해서 시간과 정성이 많이 든다.

박이 들어 있었다.

'카레가 있다는 건…' 하는 나의 불길한 예감은 적중해서(내 불길한 예감은 대체로 적중한다) 밥솥에 누렇게 변한 밥이 잔뜩 남아 있었다. 4인분인가? 남자만 있는 집은 쌀 소비가 엄청나네.

나도 모르게 한숨이 나왔다. 어떻게든 처리해야 하는데….

견적을 내러 온 업체 담당자 사토 씨는 둥근 안경을 끼고 검은색 작업복을 입은 젊은이였다. 야구 모자를 대충 눌러 썼으며, 발놀림이 상당히 가볍고 붙임성 좋은 사람이었다. 악취도 전혀 신경 쓰이지 않는 양 예의 바르게, 그러나 재빨리 집 안을 둘러보고는 심각한 얼굴로 종이에 메모를 했다. "음, 짐이 꽤 많아서요…. 대략 20만 엔 정도네요"라고 면목 없다는 듯 말하며 대형 가전제품의 개수를 하나, 둘, 셋, 세어나갔다.

베란다에 둔 거대한 알루미늄 상자에는 오빠의 업무용 도구가 가득 차 있었다.

"죄송한데 이것도 남김없이 처분해 주세요."

내가 말하자, 사토 씨는 얼른 밖으로 나가 무거운 뚜껑을 열더니 경악했다.

"이크, 이건 산업폐기물이네요…. 비용이 좀 들겠는걸요…. 어쩌면 25만 엔 정도 나올지도 모르겠네요…" 하며 거듭 미안한 기색을 내비치는 사토 씨에게 나는 "그래도 괜찮아요. 잘 부탁드려요"라고 말했다.

이런 일로부터 한시라도 빨리 달아나고 싶었고, 내가 할수 있는 건 전부 했다는 성취감도 있었다. 25만 엔으로 끝나면 감지덕지다, 그로써 이 집이 전부 정리된다면…(지금 생각하면 무섭지만 그때 나는 이런 심경이었다).

견적이 다 나온 뒤에도 가나코가 계속 부지런히 짐을 정리하는 모습을 보고 사토 씨는 당황하며 말했다.

"괜찮아요, 저희가 할 테니까요! 놔두세요, 괜찮아요!"

사토 씨가 돌아가려 할 때 문득 생각이 나서 물어봤다.

"저기, 좀 여쭤보고 싶은 게 있는데요…."

"네, 뭔가요?"

"저어… 차를 폐차하려면 어떻게 해야 하는지 아세요?"

사토 씨는 안경 너머의 눈을 동그랗게 뜨더니 "폐차 말입니까…. 으음, 사무소에 돌아가서 물어볼게요!" 하고는 재빨리 자동차에 올라 떠났다.

결국 유품 정리는 연립주택의 임대 계약이 끝나는 11월 마지막 날까지 마무리해 주기로 했다.

인생은 상부상조

　가나코는 엄청난 기세로 오빠의 차를 몰았다. 다가조 거리를 분주히 돌아다니며 어떻게든 오빠의 차를 폐차하려고 필사적이었다.

　차를 반드시 폐차해야 한다. 이 차는 어디로도 가져갈 수 없다.

　집과 주차장 계약은 11월 말일까지였다. 그래서 이번에 다가조에 머무르는 동안 꼭 폐차해야만 했다.

　폐차를 못 한다면…, 어떡하면 좋을지 진심으로 모르겠다. 그런 상황이었다.

　"여기는?!"

　가나코가 갑자기 크게 외쳤다.

　그곳은 규모가 제법 되는 자동차 판매점이었다. 무척 깨끗한 건물에 대규모 정비 공장이 딸려 있었다. 나는 이럴 때 용기가 안 나는 타입이어서 "어어…" 하고 애매한 소리를 내며 난처해하고 있었는데, 이미 가나코는 재빨리 핸들을 왼쪽으로 꺾어 판매점 부지로 들어가 차를 세웠다. 그리고 힘차게 운전석에서 내리더니 성큼성큼 큰 보폭으로 움직여 전시장의 문을 열고 접수처까지 갔다.

나는 왠지 모르게 고개를 숙이고 가나코의 뒤를 따라갔다.

"저기요."

가나코는 더할 나위 없이 진지한 표정으로, 우리를 응대하러 나온 남자에게 위풍당당하게 말을 걸었다.

가나코는 상당한 미인이다. 진지한 표정을 지으면 그 아름다움이 더욱 날카로워진다.

"차를 폐차하고 싶은데요."

매장 안에 있던 남자들이 가나코를 흘끗흘끗 쳐다본다.

"…어… 네에, 폐차 말이죠… 차는 어디에…?"

가나코는 "타고 왔어요. 저기 세워뒀어요" 하고 주차장을 잽싸게 가리켰다.

"아, 네, 알겠습니다…."

엇, 방금 알겠다고 했어?

나는 놀라서 가나코의 얼굴을 쳐다봤다. 가나코도 눈 한 번 깜빡이지 않고 나를 물끄러미 바라보고 있었다.

"혹시 폐차할 수 있을 것 같아…?"

이렇게 묻는 내게 가나코는 "그럴 것 같아요…"라고 대답했다.

나는 무심결에 "됐다!" 하고 소리를 질렀다(실은 나중에 폐차를 위한 까다로운 수속을 밟아야 했지만, 우리의 사정을 들은 판매점 사람이 일단 차를 맡아줬다).

매장 안에 있던 사람들이 무슨 일인가 하며 우리를 쳐다봤다.

서류를 다 작성하고 수수료를 낸 뒤 "됐다! 폐차할 수 있어!" 하고 몹시 흥분하며 가나코와 내가 판매점에서 나오

자, 밖에서 기다리던 마리나가 웬 할아버지와 이야기를 나누는 게 보였다. 마리나는 깔깔 웃고 있었다.

"이 아가씨한테 이야기를 들었어요."

그 할아버지는 이렇게 말하고 나서 덧붙였다.

"아버님이 돌아가셨다고. 정말 가엾게도. 많이 힘들었다더만. 그래서 차를 폐차하려는 게요? 그럼 다가조역까지 어떻게 가려고? 여기서 멀어요. 택시 부르시게? 안 그래도 돼요, 내가 역까지 태워줄 테니까."

나는 가나코에게 "이 영감님, 위험한 거 아니야?" 하고 속삭였다. 가나코는 "그런가?"라고 말했다.

"왜, 수상하잖아. 갑자기 다가와서 다가조역까지 태워준다니. 아무리 우리가 불쌍하고 안타까운 사람들이라도 갑자기 차에 타라는 건 이상해!"라는 나에게 가나코도 "…확실히 위험할지도 몰라요" 하고 대답했다.

우리는 적당히 "아하하" 웃으며 마리나의 소매를 잡아당겨 할아버지로부터 뒷걸음질 치기 시작했다.

그때 매장 안에 있던 남자가 우리에게 "죄송한데 차 키는 어디에 있어요?" 하고 말을 걸었다. 폐차할 수 있겠다는 걸 알고 기뻐서 흥분한 나머지 차 키를 깜빡하고 건네지 않은 것이다.

가나코가 허겁지겁 매장으로 다시 들어갔다가 몇 분 뒤에 돌아왔다. 그러고는 내게 소곤거렸다.

"이 할아버지, 여기 전 사장님이래요."

"뭣, 전 사장님?"

"네, 지금 사장님의 아버지래요. '저 사람, 저희 아버지세요. 전철 시간을 확실히 말해 두지 않으면 이야기가 길어져요'라고 안에서 사장님이 그러데요."

가나코는 웃음을 참으며 말했다. 나는 풋 하고 웃고 말았다.

결국 우리는 어째서인지 택시 같은 장치가 있는(뒷좌석 문이 자동으로 열렸다) 전 사장님의 차를 얻어 타고 다가조역까지 갔다. 오빠의 차는 무사히 폐차를 맡길 수 있었다.

"인생은 상부상조라우. 우리도 지진이 난 뒤에 많은 도움을 받았으니까."

전 사장님은 이렇게 말하며 우리를 역 앞에 내려줬다.

"다음에는 돈가스나 메밀국수라도 먹으러 가요!"

전 사장님은 밝게 웃으며 말했다. 그리고 가나코를 보며 "이야, 그나저나 어머님이 참 미인이야!" 하고 덧붙였다.

나중에 인터넷에서 찾아보니 그 자동차 판매·정비회사는 근사한 홈페이지가 있었다. 자주 갱신되는 걸로 보아, 번창하는 회사임을 금세 알 수 있었다.

전 사장님을 쏙 빼닮은 현 사장님이 브이 사인을 하며 웃는 사진이 실려 있었다. 2011년 3월 11일, 2.5미터 높이의 쓰나미로 인해 1월에 갓 리뉴얼한 매장 1층이 크게 부서졌다고 한다. 공장과 부지 내 설비도 건물 기둥과 일부 벽만 남겨둔 채 전부 휩쓸려 갔다고 홈페이지에 나와 있었다.

우리는 3주 뒤인 11월 29일에 함께 료이치를 데리러 다가조로 돌아올 것을 약속하고 센다이역에서 헤어졌다.

나는 나중에 가나코에게 보낸 메시지에 "기회가 되면 그

전 사장님께 감사 인사를 하러 가고 싶어"라고 썼다. 가나코도 동의했다.

힘든 일뿐이었던 다가조인데도, 나는 다음에 올 날을 조금 기대하고 있었다.

Day 4

거북과 물고기와 료이치

3주 뒤,
미야기현 다가조시

텅 빈 집

다가조역 앞에서 가나코를 만난 것은 오전 11시 반이었다.

가나코는 나보다 한발 먼저 도착해 벌써 렌터카를 빌려 놓았다. 파란 차에서 거침없이 내리는 가나코를 사진 찍자 "언니는 사진을 진짜 많이 찍네요" 하며 어이없어했다. "미안해, 기록쟁이 아줌마라서" 하고 사과하며 나의 기록 벽을 저주했다.

이 도시에서 이미 사흘을 보낸 우리는 다가조 거리에도 사뭇 익숙해져서 다시 완전히 일꾼 모드로 변해 있었다. 가나코의 말처럼 "1분이라도 허투루 쓰기 싫은" 기분이었다.

점심시간이었지만 가나코와 나는 아무것도 먹고 싶은 마음이 생기지 않아서 곧장 시청으로 향했다. 료이치의 전

출 신고서를 내기 위해서다.

요 3주 동안 가나코는 료이치를 데려오기 위해 갖가지 수속과 면담을 소화하며 준비를 착착 진행해 왔다.

이날 그 대부분이 끝나서 료이치는 아동상담소의 보호에서 벗어나 처음으로 가나코와 자유롭게 이동하게 될 예정이었다. 또한 이날은 료이치가 다가조시의 초등학교를 떠나는 날이기도 했다.

우리는 다가조에 처음 왔을 때와는 달리 긴장이 풀려, 익숙한 기분으로 시청에 들어섰다. 가나코가 수속을 마치기를 기다리는 동안, 나는 현관홀에 설치된 TV 옆 자동판매기에서 따뜻한 커피를 뽑은 다음 그 앞 벤치에 앉아 서류 정리를 했다.

이 시청에 오는 것도 마지막일지 모른다고 생각하니 왠지 서운한 기분이 들었다. 전에 받아둔 다가조 시내 관광 안내 팸플릿을 보다가 시청 근처에 다가조 성터가 있다는 사실을 알았다.

창구 근처의 의자에 앉아서 무언가를 기다리는 가나코

에게 팸플릿을 들고 다가가 얘기했다.

"다가조 성터라는 게 있대. 역시 성이 있었던 모양이야."*

"역시 성터가 있군요! 그 사람은 성을 좋아했으니까, 그런 이유로 다가조를 선택한 건지도…."

가나코가 말했다.

거의 모든 작업이 끝나 안도하고 있던 나는 가나코에게 "시간 되면 가볼래?" 하고 물었다. 그러자 가나코는 약간 어이없는 듯한 표정으로 "시간 되면, 갈 거예요…?" 하고 되물었다.

확실히 가나코 입장에서는 그런 곳을 구경할 기분이 아닐 것이다. 아직 료이치를 완전히 되찾지 못한 상태니까.

태평한 질문을 한 내가 부끄러웠다.

시청에서 밟아야 하는 수속을 끝낸 뒤 우리는 서둘러 오빠의 집으로 향했다. 유품 정리업체의 담당자인 사토 씨와

● 다가조(多賀城)의 한자에는 '찰 성(城)' 자가 들어 있다.

만나기로 한 것이다. 현장을 확인하고 집 열쇠를 되돌려받기로 했다.

우리가 렌터카를 주차하자 이미 도착해 있던 사토 씨가 재빨리 차 안에서 나왔다. 이날도 검은색 작업복 차림이었다.

인사도 대충 나누고 우리는 집 안을 확인했다. 사토 씨는 조심스레, 필시 우리가 충격받지 않도록 배려하며 "저어, 이렇게 했습니다…" 하고 조용한 목소리로 말했다.

집 안은 놀라울 정도로 텅 비어 있었다. 냄새도 완전히 사라졌다.

"우와, 깨끗해졌네요! 기뻐요!"

내가 이렇게 솔직한 느낌을 이야기하자, 사토 씨는 안심했는지 헤헤헤 웃었다. 가나코는 아무 말 없이 집을 둘러보고 있었다.

사토 씨는 "처분하지 않은 물건은 에어컨 리모컨, 열쇠류, 동전, 그리고…" 하며 설명을 이어갔다.

부엌에 산더미처럼 쌓여 있던 접시와 냄비, 냉장고 안의 음식과 냉동식품 같은 건 전부 처분했다고 한다. "짐이 많았죠?"라고 내가 묻자 "네, 베란다의 공구들을 보고 깜짝

놀랐어요"라며 하하하 웃었다.

"정말 힘든 작업 해주셔서 감사해요."

나의 말에 사토 씨는 "별말씀을요. 이게 저희 일인걸요" 하고 대답했다.

사토 씨는 모든 설명을 마치고 나서 마지막으로 집 안을 다시 한번 확인하더니 "이번에 작업 맡겨주셔서 감사합니다. 멀리서 오시느라 고생 많으셨어요. 부디 몸조심하시고요" 하고 웃으며 떠난… 줄 알았는데 금세 되돌아와서 말했다.

"열쇠를 안 드렸네요, 헤헤헤."

우리는 얼굴을 마주 보며 웃음을 터트렸다.

다음으로 만나기로 한 사람은 오빠네 집주인인 다나베 씨였다.

드디어 오빠의 집을 넘길 때가 온 것이다. 다나베 씨는 지난번처럼 야구 모자를 쓰고 와서 집을 둘러보더니 "앗, 더럽네!" 하고 외쳤다. 충격을 받은 모양이었다.

더럽다는 말을 들어도 달리 어떻게 할 수 없다. "더러워서 죄송해요" 하며 머리를 숙이자, 다나베 씨는 크게 한숨을 내쉬더니 완전히 체념한 듯 "이제 어쩔 수 없지! 죽었으니까! 죽은 사람한테는 아무 말도 못 하지! 보증금만으로는 부족하지만 부조 대신이라고 생각해 주쇼!"라고 큰소리로 말했다. 그런 다음 우리에게서 열쇠를 받고 한숨을 내쉬며 떠났다.

확실히 고작 10만 엔의 보증금으로 이 부엌을 회복할 수 있을 것 같지는 않다. 오빠 때문에 정말 죄송하다고 면목 없어 하면서도 집주인의 마음이 바뀌기 전에 가자고 가나코를 재촉해, 료이치가 다니는 초등학교로 떠났다. 우리에게 주어진 이날의 가장 중요한 과제가 남아 있었다.

료이치 환송회

가나코는 이날이 되기 얼마 전부터 준비를 해왔다. 거북과 물고기를 어떻게 해서든 초등학교에서 집으로 데려간다는 계획이었다. 펫숍에 가서 안전하게 이동시킬 수 있는 방법을 묻고, 필요한 도구와 약품 일체를 갖추는 등 만반의 준비를 마쳤다. 우리는 그 물건들을 가방에 담고 전투에 임하는 자세로 초등학교에 도착했다.

교무실 입구에서 인사를 한 뒤, 거북과 물고기를 맡겨둔 료이치네 바로 옆 특별활동 교실로 직행했다.

교실 뒤편의 선반 위에 낯익은 거대한 수조 두 개가 나란히 놓여 있었다. 커다란 거북이 기운찬 모습으로 우리 쪽을 보고 있었다. 사납게 생긴 물고기(오스카라는 육식 어종)

도 건강하게 헤엄치고 있었다. 이 두 마리를 작은 플라스틱 케이스에 옮겨 담아 가나코의 집까지 운반하는 것이다. 그리고 남은 수조는 이날 안에 중고 가게로 가져가 처분한다. 가나코는 이미 중고 가게가 있는 곳까지 조사해 뒀다.

거북 수조 아래에 종이가 붙어 있었다.

"가메키치입니다. 잘 부탁드립니다."

오빠와 내가 처음으로 둘이서 키운 반려동물이 거북이었고 그 이름이 '가메키치'였다. 오빠는 그걸 기억하고 있었던 걸까.

그 가메키치는 어느 비 오는 날 아침 홀연히 모습을 감췄다.

나중에 어머니가 강에 가서 버렸다는 얘기를 들었다. 오빠와 나는 큰 충격을 받았다. 그날 이후 나는 거북이 무서워서 만질 수 없게 되었다. 료이치의 가메키치는 내가 몇십 년 만에 만진 거북이었다.

오빠가 거북 기르는 법을 나에게 꼼꼼하게 가르쳐줬던

일, 오빠와 둘이서 가메키치와 놀았던 일을 떠올렸다. 그 시절 오빠는 나한테든 누구한테든 무척 상냥한 사람이었다.

우리는 야단법석을 떨며 거북과 물고기를 케이스에 옮겨 담았다.

가나코는 가져온 여러 가지 도구를 써서 그들을 단단하고 안전하게 포장했다.

옆 교실에서는 료이치를 위한 환송회가 열리고 있었다.

담임선생님의 권유로 우리도 교실 뒤에 서서 반 아이들의 모습을 지켜보게 되었다. 수업 참관이 아닌데 교실에 들어가도 될지 약간 망설이면서도 다소 흥분한 아이들의 모습을 내 자식들의 모습에 겹쳐보았다. '초등학생은 역시 어리구나' 하고 조금 그리워하면서.

이별 노래와 게임이 끝나자 사회를 맡은 소년이 울먹이며 작별 인사를 했다.

그 모습을 본 담임선생님이 얼굴을 휙 돌리더니 황급히 책상 위를 정리하고 교실 커튼을 묶기 시작했다. 눈물을 감추려는 거겠지.

　그런 담임선생님의 모습을 보니 내가 눈물이 나려 했다.

　아이 몇 명이 얼굴이 새빨개져서 고개를 숙이고 있었다. 흑흑 흐느껴 우는 소녀도 있었다.

　료이치는 별다른 표정 변화 없이 앉아 있었다. 그리고 환송회 마지막에 선생님께 재촉받아 교실 앞에 서서, 모두를 향해 "지금까지 고마웠어"라고 딱 한 마디 했다.

　익살스러운 남자애가 "야, 그것뿐이냐!"라고 큰 소리로 외치자 교실이 와하하 웃음으로 뒤덮였다.

　담임선생님도 "뭐, 이게 료이치의 장점이니까!" 하며 웃었다.

　그다음은 기념사진 촬영 시간이었는데 찍는 사람은 당연히 가나코와 나였다. 울고 웃는 아이들이 브이 사인을 하며 사진에 찍혔다.

　몸집이 가장 큰 남자애가, 입고 있던 후드 티의 모자를 뒤집어써서 우는 얼굴을 감추며 료이치에게 "그때 싸운 거 미안해"라고 말했다. 장난기 가득하고 조그마한 남자

애가 "야, 건강해라" 했다. 키 큰 여자애가 "아빠 몫까지 힘내"라고 했다.

흑흑 흐느껴 울던 소녀는 아무 말도 못 하고 그저 료이치의 옆에 서 있었다. 내가 "사진 찍을래?" 하고 묻자 고개를 끄덕여서, 료이치와 소녀를 찍어줬다.

가나코의 눈물

환송회가 끝난 뒤, 커다랗고 텅 빈 수조를 가나코와 둘이 함께 들고 나와 차에 실었다.

담임선생님께 료이치를 맡겨두고 가나코와 나는 서둘러 중고 가게로 갔다. 이번에는 수조를 처분할 차례다.

반드시 팔아야 한다, 그렇지 않으면 곤란하다는 강한 의지로 수조를 들고 간 우리는 "이건 3백 엔 정도밖에 안 되겠는걸요" 하며 곤란한 표정을 짓는 사장님의 말에 뛸 듯이 기뻐하며 큰 소리로 감사 인사를 했다. 드디어 수조까지 처분하는 데 성공했다.

"내가 죽을 것 같아⋯."

"너무 바빠!"

"정신이 하나도 없네…."
"이제 조금만 더!!"

　우리는 분명 엄청난 양의 아드레날린을 뇌 속으로 분출하고 있었을 것이다. 종횡무진 다가조 시내를 돌아다니며 하나하나 과제를 해결해 나갔다. 그리고 성취감을 온몸 가득 느끼며 료이치가 기다리는 초등학교로 돌아갔다. 이번에는 아동상담소의 가와무라 씨, 그리고 3주에 걸쳐 료이치와 함께 생활해 준 위탁 부모와의 면담이 기다리고 있었다.
　이날의 마지막이자 가장 중요한 절차였다.

　위탁 부모 면담은 가나코가 간청한 것이라고 한다. 료이치에게 더할 나위 없이 따뜻한 환경, 그리고 친구들과 충분히 작별할 시간을 선사해 준 위탁 부모에게 감사 인사도 못 하면 면목이 없다고 가와무라 씨에게 호소한 모양이다.
　위탁 부모는 료이치가 어떻게 지냈는지 우리에게 자세히 이야기해 줬다. 우리한테는 내비치지 않았던 료이치의 일면이 엿보이는 듯했다.

면담이 끝나갈 무렵에는 담임선생님도 특별활동 교실로 찾아와, 손수 만든 앨범과 편지가 든 상자를 료이치에게 선물했다. 료이치는 쑥스러워하면서도 하나하나 집어 들고 소중하다는 듯 바라봤다.

창밖은 이미 캄캄했다. 오후 6시가 지나 기온도 떨어져 갔다. 모두가 지쳐 있었다. 중요한 절차를 마치는 중인 가나코는 굳은 표정을 풀지 않아서 몹시 긴장한 것처럼 보였다. 육체적으로나 정신적으로나 슬슬 한계가 온 게 아닐지 걱정되었다.

"그럼 이걸로 끝입니다. 어머님, 잘 부탁드려요"라는 가와무라 씨의 한마디로 이날의 모든 일정이 종료되었다.

"아아, 끝났다!"

가나코는 떨리는 목소리로 말했다. 가나코가 이토록 감정을 드러낸 것은 이때가 처음이었다. 가나코는 내 어깨에 손을 얹고 "전부 끝났어요. 어떡해, 눈물 날 것 같아요" 하며 눈시울을 훔쳤다.

교실에 있던 모두가 웃는 얼굴로 가나코를 바라봤다.

"잘됐다. 정말 잘됐어."

나는 말했다.

담임선생님께 재촉받아 료이치와 가나코와 내가 교실에서 복도로 나오자, 전등이 일제히 켜졌다.

밝게 비춰진 복도 끝에 선생님들이 늘어선 모습이 보였다. 교무실에 남아 있던 분들이 료이치를 배웅하기 위해 기다리고 있었던 것이다.

료이치는 선생님들의 박수 속에 복도를 지나 신발장까지 가서, 실내화를 운동화로 갈아 신고 학교 건물 밖으로 나갔다.

선생님들은 신발장 근처에 한 줄로 나란히 서서 눈물을 글썽이며 료이치에게 열심히 손을 흔들었다. 아동상담소 사람들도 웃는 얼굴로 손을 흔들었다.

료이치는 그들을 뒤로하고 우리와 함께 주차장을 향해 발걸음을 떼다가, 선생님들 쪽을 돌아보더니 웃는 얼굴로 두 손을 크게 흔들었다.

선생님들 사이에서 탄성이 일었다. 담임선생님은 료이치의 그 모습을 보고 머리를 숙이더니, 크게 고개를 끄덕이고는 잰걸음으로 교무실로 돌아갔다.

주차장에서 위탁 부모와 헤어졌다. 료이치와 위탁 부모는 이별을 아쉬워하며 이야기를 나누었고, 마주 보고 웃으며 서로에게 편지를 쓰기로 약속했다.

호텔에 도착한 우리는 곧바로 방에 짐을 넣어둔 뒤 근처 선술집까지 걸어가, 다가조의 명물을 잔뜩 먹으며 긴 여행의 끝을 축하했다.

료이치도 내내 웃는 얼굴로 즐거워하며 여러 가지 이야기를 들려줬다. 료이치와 가나코 사이에 가로놓여 있던 7년이라는 세월이 눈 깜짝할 사이에 사라져, 두 사람은 평범한 모자로 되돌아갔다.

Day 5

아빠와 크리스마스

도쿄

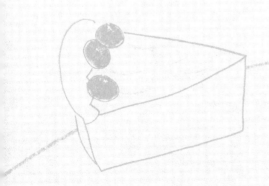

마지막 이별

머물고 있던 다가조 시내의 비즈니스호텔 방에서 TV를 보는데 누가 문을 노크했다. 체크아웃 시각까지 앞으로 한 시간 남은 무렵이었다.

가나코겠거니 하며 문구멍으로 봤더니 생긋 웃는 표정의 료이치였다.

"무슨 일이야?" 묻자 료이치는 "좋은 아침이에요" 하고 에헤헤 웃었다.

"혹시 심심하니? 벌써 밥 먹었어?"

"네, 먹었어요."

"알았어. 그럼 지금부터 준비해서 얼른 로비로 갈게."

준비를 마치고 서둘러 로비로 향했다. 료이치는 로비에

비치된 컴퓨터 앞에 서서 마우스를 움직이고 있었다.

"지금부터 좀 가고 싶은 곳이 있는데."

나는 컴퓨터 모니터를 열심히 들여다보며 조작 중인 료이치에게 말을 걸었다.

"음, 어디요?"

료이치의 말에 나는 "잠깐 실례" 하고 키보드를 두드려 검색했다. 그리고 "여기야. 알아?" 하며 다가조 시내에 있는 유명 양과자점 '파송 드 도이façon de doi' 사이트를 료이치에게 보여줬다.

"여기 유명해요! 가본 적은 없지만 사람이 늘 많은 것 같아요."

"역시 그렇구나! 고모 친구가 다가조 출신인데 이 집 커피롤이 맛있다고 알려줬거든. 그래서 선물로 사 가려고. 들러도 될까?"

"네, 좋아요."

빌린 차를 반납하기까지 두 시간 정도 남아 있었다. 커다란 짐을 껴안고 로비로 내려온 가나코에게 "한 군데 들

르고 싶은 곳이 있는데, 괜찮아?" 하고 양해를 구해 승낙
을 얻었다.

　얼른 체크아웃을 마친 우리는 발걸음도 가볍게 차에 올
라탔다. 료이치도 아침부터 말수가 많았다.

　파송 드 도이는 호텔에서 차로 몇 분이면 도착하는 곳에
있었다. 고요한 주택가에 위치한 2층짜리 건물로, 가게 입
구의 차양이 산뜻한 초록색이라서 눈길을 끌었다.

　조용한 가게 안에는 다양한 종류의 케이크와 구운 과자
가 진열되어 있었다. 처음에는 별로 흥미가 없어 보이던
가나코도 "그래, 택배로 보내달라면 되겠다!"라고 밝은 목
소리로 말하더니 몇 개를 주문하기 시작했다.

　나는 이날 밤 도쿄의 상점가 시모키타자와에 있는 서점
'B&B'에서 북토크를 할 예정이었다. 나를 만나러 오는 사
람들에게 커피롤과 카스텔라를 선물하기 위해 작은 상자에
담아달라고 했다. 집에서 기다리는 아들들을 위해서도 케
이크와 카스텔라를 주문해, 택배로 보내달라고 부탁했다.

　나올 때 남자 종업원이 료이치에게 카스텔라 세 개를 덤

으로 건넸다. "야호!" 하고 료이치는 카스텔라를 기쁘게 받아 들더니, 조수석에 타자마자 "기록 아줌마, 사진 안 찍어도 돼요?" 하며 나를 향해 그것을 높이 들어 보였다. 나는 웃으며 사진을 찍었다.

"이제 슬슬 다가조 거리와도 이별이네."
내가 말하자 정적이 흘렀다. 가나코는 운전하던 차의 속력을 갑자기 높이더니 가본 적 없는 길로 들어섰다.
'설마 가나코, 다가조 성터로 데려가 주는 거야?' 하고 한순간 생각했지만, 가나코가 가려는 곳이 어디인지 금세 알 수 있었다. 오빠의 집이었다. 가나코도 료이치도 입을 계속 다물고 있었다.

가나코는 집 앞 주차장에 차를 세우더니, "문이 열려 있을까요?"라고 물었다.
"열려 있지. 업자가 올 테니 열어둘 거라고 어제 집주인이 그랬는걸."
나는 대답했다.

"들어가도 될까요?"

"괜찮아. 내가 이 집을 오늘까지 계약했으니까!"

나는 주저 없이 현관문을 열었다.

거실의 새시 창으로 밝은 햇빛이 쏟아지고 있었다.

"료이치, 이것 좀 봐. 집이 깨끗해졌지?"

"네, 아무것도 없네요. 여기 벽에 종이접기로 만든 스티치°를 붙여뒀었는데. 봐요, 자국이 남아 있어요."

"정말이네. 여러 가지가 있었지만 전부 남겨둘 수 없었어. 미안."

우리 셋은 오빠와 료이치가 7년 동안 살았던 연립주택의 방들을 하나씩 천천히 돌아보며 마지막 작별을 고했다. 료이치는 현관 앞에서 조그맣게 두 손을 모았다. 가나코는 우리가 현관 밖으로 나온 뒤에도 거실에 홀로 조용히 못

● 월트디즈니의 애니메이션 〈릴로&스티치〉에 나오는 외계 생명체의 이름.

박힌 듯 서 있었다. 그 뒷모습에서 가나코가 오빠에게 마지막 작별 인사를 하고 있다는 게 느껴졌다. 말을 걸 수는 없었다.

나는 료이치를 데리고 한발 먼저 차로 돌아왔다.

잠시 후 가나코가 연립주택에서 나왔다. 나는 가나코에게 료이치를 맡기고 다시 한번 현관으로 돌아가, 마지막으로 집 안을 돌아보며 "그럼 갈게"라고 말했다.

조용히 현관문을 닫고, 설치된 우편물 투입구 위에 오빠가 붙여놓았던 '전단지 사절'이라고 적힌 종이테이프를 오른손으로 천천히 뜯으며 "전부 깨끗이 정리했으니까 안심해도 돼"라고 말한 다음 차로 돌아왔다.

가나코는 시계를 흘끗 확인하며 차를 다시 출발시켰다.

가는 곳이 어디인지는 알고 있었다. 료이치가 다니던 초등학교다. 가나코는 짤막하게 "작별 인사 하자" 하더니 차를 몰았다.

주말의 초등학교에는 주차된 차가 거의 없었고 인기척도 드물었다. 주차장에 차를 세우고 나와 료이치, 가나코

셋이서 학교 주위를 잠시 걸었다.

교문에서 학교 건물을 바라보며 내가 "좋은 학교였네"라고 말하자, 가나코는 "그러게요"라고 대답했다.

"왠지 쓸쓸하네. 선생님들도 다정하셨는데. 이제 당분간 올 일도 없는 걸까. 뭔가 허전해지는걸."

료이치는 아무 말도 하지 않았다.

학교 뒤편의 높직한 언덕에서 다가조 시내가 한눈에 내려다보였다. 우리는 거기서 경치를 잠시 바라보다가 사진으로 담은 뒤 차를 타고 역으로 향했다.

아빠와 아들의
크리스마스

"고모, 아빠는 왜 죽었어요?"

료이치의 갑작스러운 질문에 순간 말문이 막혔다.

가나코가 렌터카를 반납하러 간 사이, 남은 우리는 다가조 시립도서관 안의 스타벅스에 마주 앉아 나는 커피를, 료이치는 캐러멜 마키아토를 마시고 있었다.

"약 먹는 걸 까먹었어요?"

"…아니, 약 먹는 걸 까먹어서 죽은 건 아니야."

나는 간신히 대답했다.

"그럼 왜 죽었어요?"

료이치는 똘똘한 표정으로 나를 추궁하듯 솔직하게 물

었다.

　"…직접적인 원인은 뇌 속의 혈관이 찢어져서…."

　내가 설명하면서도 '아니야, 이 애가 듣고 싶은 건 그런 게 아니야'라고 생각했다.

　료이치는 자기가 어떻게든 했으면 아빠를 구할 수 있지 않았을까 싶은 것이다. 어찌 설명하는 것이 최선일지 맹렬한 속도로 머리를 굴리며 다급하게 단어를 고르고 있는데, 료이치가 기다리다 지친 듯 나를 다그쳤다.

　"뇌혈관이? 그래서요?"

　"음, 뇌혈관이 찢어져서 피가 새어 나왔나 봐. 그게 직접적인 원인이야. 하지만 사람은 아무리 신경을 써도, 아무리 약을 꼬박꼬박 먹어도 죽을 때가 있으니까…."

　나는 이렇게 종잡을 수 없는 소리를 허겁지겁 덧붙였다.

　료이치에게 오빠의 죽음은 네 탓이 아니라 어쩔 수 없는 운명 같은 것이었다고 전하고 싶었다…. 실패했지만.

　료이치는 나를 물끄러미 바라보며 '이 사람은 무슨 말을 하는 걸까' 하는 표정을 짓더니 "알겠어요"라고 대답했다. 그러고는 화제를 시원스레 바꾸었다. 나도 마음을 가다듬고 료이치에게 물었다.

"저기, 이 도서관에 와본 적 있니?"

"아뇨, 처음이에요."

"그럼 스타벅스는?"

"그것도 처음이고요."

"여기 멋지지. 언젠가 또 오고 싶어. 위층 레스토랑도 엄청 근사하더라."

"뭐, 그렇죠."

"료이치, 책 좋아하니?"

"네, 좋아해요."

"담임선생님이 헤어질 때 소설책 주셨잖아. 그거 대단한 거야. 선생님은 료이치가 그 어려운 소설을 읽을 수 있는 아이라고 생각해서 선물해 주신 거니까. 사실은 고모도 읽어봤는데 그 책 되게 좋아. 서점대상이라는 상도 받은 책이거든. 시간 나면 읽어보렴."

"알겠어요. 읽을게요."

나는 들고 있던 커피 잔을 물끄러미 바라보며 무슨 말을 할까 망설였다. 속마음을 말하자면 오빠에 대해 물어보고 싶어서 견딜 수 없었다.

어떤 아빠였니?
다정했어?
싫은 사람이었어?
밥은 제대로 만들어줬고?
쓰러졌을 때 어떤 모습이었어?

그런 질문을 던지는 대신 나는 "료이치, 규탕 먹어본 적 있어?" 하고 물어봤다. 료이치는 웃으며 "없어요!"라고 대답했다.

"그럼 센다이역에서 규탕 도시락을 사자. 신칸센 타면 함께 먹는 거야. 고모랑 엄마랑 료이치까지 딱 세 명이니까 표는 세 자리가 붙어 있는 좌석으로 지정해서 사면 되겠다. 지난번에 마리나 누나가 센다이역에서 규탕 도시락 사 먹었는데 맛있다고 했대.”

“좋아요! 전 전철도 신칸센도 처음이에요!”

“뭐, 전철도 처음 타니?! 그럼 오늘은 굉장한 하루가 되겠구나! 도호쿠 신칸센은 엄청 빠르거든. 눈 깜짝할 사이에 1백 미터나 가니까!”

료이치는 깔깔 웃었다.

“거짓말!”

“진짜야, 곧 알게 될 거라고!”

렌터카를 반납한 가나코가 스타벅스로 돌아왔다.

“잘 반납했어요.”

들뜬 목소리로 말한 뒤 “그럼 갈까요?” 하며 커다란 캐리어의 손잡이를 쥐었다. 료이치가 매장 안으로 끌고 와 가나코가 돌아올 때까지 든든하게 지키고 있던 캐리어였다.

캐리어 위에는 거북이 든 보온 가방과 물고기가 든 가방이 놓여 있었다. 우리는 그것을 수평이 유지되도록 신경 써서 들고 다가조역으로 가서 표를 산 다음, 찬바람이 휘몰아치는 센세키선 플랫폼에 섰다.

　다음에 료이치를 만날 수 있는 날은 언제일까. 몇 달, 아니 몇 년 뒤일 수도 있고 두 번 다시 못 만날 수도 있다. 오빠와 옆얼굴이 판박이인 료이치를 보면서 나는 간신히 딱하나, 속에 있던 걸 물어봤다.

　"크리스마스는 어떻게 보냈어?"

　"크리스마스에는 아빠가 KFC 치킨이랑 작은 케이크를 사주셨어요."

　"아, 그거 사진으로 본 적 있어!"

　가나코가 말했다.

　"와, KFC 치킨이랑 케이크라니 멋진데."

　내가 말하자, 료이치는 플랫폼 앞쪽을 가만히 바라보며 작은 목소리로 "네" 하고 대답했다. 어린 시절 오빠의 모습이 겹쳐졌다.

"올해 크리스마스는 엄마랑 함께 보내겠네."

"네."

"기대되지?"

"네."

"크리스마스가 끝나면 설날까지 눈 깜짝할 사이야."

가나코가 말했다.

"아이고, 또 1년이 끝나는구나."

내가 말했다.

처음 다가조에 온 날에는 그렇게도 무거웠던 마음이 완전히 가벼워져 있었다.

플랫폼에서 보이는 다가조의 풍경이 묘하게 아름답고 평온하게 느껴져서 떠나기가 무척 아쉬웠다. 가나코와 료이치도 분명 같은 마음이었을 것이다.

다가조, 좋아해. 우리를 다정하게 대해줘서 고마워.

오빠, 이제 정말 안녕.

우리는 센세키선 플랫폼으로 들어온 일반 열차를 타고 센다이역으로 향했다.

센다이역에서 규탕 도시락을 사서 도호쿠 신칸센을 타자, 눈 깜짝할 사이에 도쿄역에 도착했다. 나는 곧장 시모키타자와로 가기 위해, 도카이도 신칸센으로 갈아타는 두 사람과 티켓 발매 창구 앞에서 헤어졌다.

헤어질 때 "기념사진 한 장만 찍자!" 하고 부탁했더니 가나코와 료이치는 둘이서 나란히 웃는 얼굴로 브이 사인을 했다.

기쁜 듯 미소 지으며, 료이치는 브이 사인을 높이 들었다.

오빠에 관한 대화

다가조 시청 생활지원과
보호 담당자 이야기

― 여보세요. 죄송한데 좀 여쭤보고 싶은 게 있어서요.

＝ 네, 무슨 일이신가요?

― 실은 지난달 세상을 떠난 오빠가 생전에 다가조에 살
   았는데, 생활보호를 받고 있었거든요.

＝ …네에.

― 그래서 죽기 전 오빠의 모습을 알고 싶어서 전화드렸
   어요. 어떤 경위로 생활보호 급여를 받기에 이르렀을
   까, 오빠는 어떤 생활을 했을까, 취업 상황은 어땠을까
   궁금해서요….

   실은 제가 먼 곳에 살아서 오빠와는 최근 몇 년 동안 전
   혀 만나지 않았기 때문에, 오빠가 다가조에서 어떤 생
   활을 했는지, 어떻게 살았는지 하나도 몰라요. 애초에

별로 교류가 없었던 오빠여서 아는 게 적기도 하고요. 말씀해 주실 수 있는 범위 내에서라도 괜찮으니 꼭 알려주셨으면 해요.

ㅡ 저어… 혹시 저번에 시청에 오신 분이세요?

ㅡ 네, 맞아요! 그때 창구에서 말씀드렸던 당사자의 여동생이에요.

ㅡ 오빠분은 제가 담당했어요. 잠시 확인할 테니 기다려주세요.

(1분 정도 대기음이 들린다.)

ㅡ 여보세요, 많이 기다리셨죠. 어떤 것에 대해 알려드리면 될까요?

ㅡ 오빠는 언제쯤부터 생활보호 급여를 받았나요?

ㅡ 오빠분이 생활보호 대상자가 되신 건 올해 9월부터입니다.

ㅡ 그럼 세상을 떠나기 한 달 전부터였군요.

— 그런 셈이죠. 병원 진찰을 1년 넘게 안 받으셨던 상황도 있어서, 그런 경위로 수급이 결정되었습니다.

— 1년이나 진찰을 못 받았어요?

— 그러셨던 모양입니다.

— 1년이나 병원에 가지 않았던 건 몰랐네요. 오빠를 담당하셨다니 아시겠지만 오빠는 굉장히 말이 많달까, 아주 수다스럽고 시끄러운 사람이었을 것 같은데 어땠나요?

— (웃음) 확실히 여러 가지 이야기를 하시는 분이었고요, 이곳에도 몇 번이나 오셨어요.
아이 키우기가 고되다든가, 못 낸 학비가 있다든가, 뭐 그런 이야기를 자주 하셨죠. 생활에 관한 걸 가볍게 푸념조로 잡담하듯 이야기하셨어요. 밝은 분이었죠. 뭐든 솔직하게 이야기하시는 분이었어요.

— (웃음) 과연. 오빠답네요. 취업 상황은 어땠을까요?

— 오빠분은 비교적 금방 일자리를 찾으시는 편이었어요. 돌아가시기 일주일 전에도 정규직으로 재취업이 결정

되었죠. 그걸 알려주셔서 저도 기뻐했는데, 갑자기 세상을 떠나셔서 저희도 무척 놀랐습니다….

- 그랬나요, 일주일 전에….
= 네, 그랬죠. 아마 경비원 일이었을 거예요.
- 아아, 맞아요. 집에 유니폼이 몇 벌 있었어요. 새로운 일을 시작하려 했을 때 세상을 떠난 거군요.
= 그런 셈입니다. 열심히 노력하셨던 만큼 아쉬워요.

.

- …죄송해요, 일하시는 도중에 실례가 많았죠. 알려주셔서 감사합니다. 죽기 전의 오빠에 대해 알게 되어서 기뻐요. 오빠가 여러모로 신세를 많이 졌습니다. 고맙습니다.

료이치의
위탁 부모 이야기

나　이번에 큰 신세를 졌습니다.

아내　료이치는 정말 좋은 아이여서 저희도 즐거웠어요. 고작 2주였지만 여기저기로 놀러 가서 맛있는 것도 잔뜩 먹었죠.

나　고맙습니다. 정말이지 어떻게 감사를 드려야 할지 모르겠어요.

아내　료이치는 큰 접시에 요리를 담아서 내놓으면 사양하고 먹지 않더라고요. 그래서 식판에 담아 줘봤죠. 햄버그스테이크나 돈가스 같은 걸 좋아했어요. 뭐든 많이 먹으며 기뻐해 줬죠.

나　제가 기억하는 오빠는 요리를 좋아했지만, 오빠네

집 부엌은 지저분했고 피자를 자주 시켜 먹었던 모양이에요. 료이치한테 요리를 그다지 많이 못 해줬을지도 몰라요….

아내 오빠분, 몸이 많이 안 좋으셨겠죠. 무척 힘드셨을 거예요.

남편 료이치는 숙제도 꼬박꼬박 했어요. 제가 그 나이였을 때에 비하면 아주 야무지고 똑똑한 아이예요. 쾌활하고 장난기도 있고요(웃음).

아내 그러고 보니 아빠랑 살던 집을 보러 가고 싶다고 부탁해서 셋이 간 적이 있어요. 밖에서 창문을 통해서만 집 안을 볼 수 있었는데요, 벽에 붙어 있는 종이접기 작품을 가리키며 자기가 붙인 거라고 알려줬어요.

그리고 일주일쯤 뒤에 다시 한번 보러 가고 싶다고 부탁하기에 한 번 더 보러 갔죠(웃음). 그랬더니 이번에는 집이 정리된 뒤였는지 "벽의 종이접기 작품이 없어졌네" 하고 쓸쓸한 듯 말했어요.

아내 료이치는 아마 아빠를 좋아했을 거예요. 아빠에 관
해 나쁜 말은 한 번도 안 했으니까요.

남편 제가 주말에 어디 가고 싶냐고 물었더니 "아빠랑 타
러 가기로 약속했던 관람차를 타고 싶어요"라고 하
더군요. 그래서 제가 대역을 맡았지요. 야경이 아주
예뻤어요.

아내 오빠분은 분명 아들을 열심히 키우셨을 거예요. 그
건, 짧은 기간이었지만 료이치와 함께 지내며 저희
에게도 전해졌어요. 맞다, 마지막 날 료이치를 가운
데 두고 셋이서 나란히 잘까 물었더니 좋다고 하더
라고요(웃음). 그래서 셋이 함께 잤죠. 즐거웠어요.

• • • •

우리가 어렸을 때 어머니는 오빠에게 〈양치기 소년〉이
야기를 반복해서 들려줬다. 거짓말을 하면 머지않아 아무
도 너를 믿지 않게 돼서 정말로 도움이 필요할 때 누구도
손을 내밀어 주지 않아. 거짓말만 하면 언젠가 반드시 천

벌을 받을 거야. 어머니는 그렇게 몇 번이나 오빠를 타일렀다.

　쉰네 살 '양치기 아저씨'는 정말로 도움이 필요할 때 이 세상에 딱 하나뿐인 여동생도 손을 내밀어 주지 않았고, 누구의 간호도 받지 못한 채 죽어갔다.

　"늑대가 나타났다!" 하는 혼신의 힘을 다한 목소리는 마지막까지 여동생의 귀에 들리지 않았다. 누구보다 외로움을 많이 탔던 양치기 아저씨는 대량의 짐과 한 줌의 추억만 남긴 채 다급하게 인생을 마쳤다.

　다가조에서 돌아오고 몇 주가 지나 오빠에 관한 모든 수속과 필요한 비용 지불이 완전히 끝난 뒤, 세상을 떠나기 한 달쯤 전에 오빠가 보낸 마지막 메시지를 다시 읽었다. 그 메시지는 많은 그림문자와 함께 이렇게 쓰여 있었다.

　　이번 달에도 돈이 없어서 점점 거지가 되어가네.

　　하지만 일은 찾았어!!

　　여러모로 폐 끼쳐서 면목 없구나.

후기

가나코와는 도쿄역에서 헤어진 뒤로 가끔 연락을 주고받는다. 바쁜 생활의 일면이 느껴지지만 동시에 료이치와 함께 사는 기쁨으로 가득한 모습이 엿보인다.

료이치는 새로운 학교에도 완전히 적응해 활기차게 지낸다고 한다. 거북과 물고기도 건강하다며 사진을 보내줬다.

오빠의 유골은 지금 우리 집에서 가장 소란스러운 장소에 놓여 있다. 유골 앞을 중학생 아들들이, 남편이, 내가, 반려견이 매일 쿵쾅쿵쾅 지나간다.

가족 모두가 신경도 안 쓰는 것 같지만, 나는 오빠의 유골 앞을 지날 때마다 오빠를 생각하며 나날을 보내고 있다. 오빠가 거기 있다는 사실에 이상하게 평온함을 느낀

다. 이미 돌아가신 부모님이 나한테 오빠를 맡긴 듯한 기분이 든다.

지금도 오빠를 용서하지 못하는 마음은 남아 있다. 그리고 그런 마음을 품고 있는 사람이 나뿐만 아닐 거라 생각한다. 오빠는 갖가지 문제를 일으켰으며 많은 사람들을 괴롭히고 갑자기 떠났다.

그런 오빠의 삶에 분노를 느끼긴 하지만 이 세상에 단한 명이라도 오빠를, 그 인생을 전면적으로 용서하고 긍정하는 사람이 있다면 오빠의 생애는 행복했다고 봐도 되지않을까. 그러므로 내가 그 단 한 사람이 되고자 한다.

함께 여행해 준 가나코와 우리를 지탱해 준 다가조의 여러분, 진심으로 감사합니다.

옮긴이의 말

　그런 이야기를 들었다. 책을 많이 가지고 있던 사람이 죽으면 남은 가족이 그걸 처분하는 데 고생한다고. 고인이 어떤 기준으로 그 책들을 모았는지 가족은 모르기 때문에, 결국 가치와는 상관없이 중고 서점에 일괄적으로 내다 팔거나 버리게 된다는 것이다.

　내가 대단한 장서가는 아니지만 그 말을 듣고 앞으로 가지고 있는 책을 줄여나가기로 결심했다. 나의 장기 목표 중 하나는 지금 가진 책을 줄이고 또 줄여서 5단 책장 하나에 다 들어가도록 만드는 것이다. 가족들도 책장 하나쯤이야 이해해 주겠지. 다른 물건도 될 수 있는 대로 줄여둬야겠어.

　그런 생각으로 틈날 때마다 책을 팔고 옷가지와 그릇을

버리고 창고도 정리하고 있지만, 나는 여전히 수많은 물건들에 둘러싸여 산다. 내가 남긴 물건들로 표상될 나의 삶은 어떤 것일까. 약간은 섬뜩한 상상이지만 이 책을 작업하며 그런 생각을 해보지 않을 수 없었다.

이 책에는 자신의 주변을 정리할 기회도 없이 갑자기 생을 마감한 인물이 나온다. 생전에 '나'에게 민폐만 끼쳐온 친오빠다. '나'는 오빠의 죽음을 알리는 전화를 받고 주말에 있는 중요한 일정을 먼저 떠올릴 정도로 슬픔을 느끼지 않는다. 오빠가 남긴 것들을 정리하는 데 쓸 수 있는 시간은 고작 며칠뿐. 오빠의 전처 가나코와 함께 오빠를 화장하고 장례를 치르고 집과 유품을 정리하면서 '나'는 그동안 외면해 온 오빠의 삶을 알아간다.

실화가 가진 힘은 세다. 죽은 오빠의 주변을 정리하는 것뿐인데도 이야기는 처음부터 끝까지 긴장을 잃지 않고 달려간다. 등장하는 사람들은 크게 울지 않으며 저자의 어조도 감상에 빠지는 법이 없지만, 담백한 문체 사이로 가끔 예고도 없이 고인의 삶이 생생하게 튀어나와 읽는 사람의 감정을 건드린다.

'나'와 오빠가 어린 시절 함께 찍은 사진이 붙어 있는 벽, 오빠의 글씨로 '전단지 사절'이라고 쓰여 있는 종이테이프, 문틀에 걸려 있는 경비원 유니폼, 자격증 칸이 꽉 차 있는 오빠의 이력서….

정작 저자는 슬프다고도 아쉽다고도 하지 않는데 읽는 이에게는 그 삶의 조각들이 못내 안쓰럽게 다가온다. 거기에는 여동생에게 수시로 손을 벌리고 집세와 아들의 학비를 체납하고 배달 피자로 끼니를 때웠던, 그러나 동시에 크리스마스에는 아들에게 KFC 치킨과 케이크를 사줬으며 스스로의 힘으로 먹고살기 위해 발버둥 쳤던 다면적인 한 인간이 있었다.

"그런 오빠의 삶에 분노를 느끼긴 하지만 이 세상에 단 한 명이라도 오빠를, 그 인생을 전면적으로 용서하고 긍정하는 사람이 있다면 오빠의 생애는 행복했다고 봐도 되지 않을까. 그러므로 내가 그 단 한 사람이 되고자 한다."

저자는 다가조에서 오빠의 삶을 정리하며 보낸 며칠 덕

분에 그렇게 미워했던 오빠를 용서하고 받아들일 수 있었다. 누군가의 죽음이 그 사람을 이해하는 계기가 된 것이다. 그러나 고인은 자신이 비로소 받아들여졌다는 사실을 영원히 알 수 없다. 일본어 원서에는 저자의 육필 메모를 인쇄한 조그만 종이가 함께 들어 있었다.

"잃고 나서 비로소 깨닫는 것을, 잃기 전에 알았으면 한다."

2022년 5월
이지수

오빠가 죽었다

초판 1쇄 발행 | 2022년 7월 4일

지은이   무라이 리코
옮긴이   이지수
일러스트   방현일
책임편집   박혜련
디자인   MALLYBOOK 최윤선, 정효진, 민유리
제작   공간

펴낸이   박혜련
펴낸곳   도서출판 오르골
등록   2016년 5월 4일 (제2016-000131호)
주소   서울시 마포구 월드컵북로54길 17, 711호
팩스   070-4129-1322
이메일   orgelbooks@naver.com
블로그   blog.naver.com/orgelbooks

ISBN 979-11-970367-7-4 03830